給感謝不完的父親，

和精神常在的母親。

And for Bill.

【代序】

斑斑駁駁的累積

每本新書是喜悅，也是惶恐。

整理舊稿時正感冒，鼻塞頭重。面對一堆似曾相識的文字簡直無法消受，忽然煩到極限了，沒一篇可看，統統都可以丟掉，不止自己的文章，別人的，所有文章，所有的書，統統都可以丟掉。

無字一身輕！

於是把稿子推開，閉目養神，心情壞到極點。第二天精神好些，繼續與舊稿奮鬥。

選入這裡的二十篇，基本上都關係對時間和空間的觀察與思索。空間涉及對自然和人爲空間的欣賞、想像兼批判，遊戲的成分大於議論。時間則涉及生老病死和時代加速，有輓歌的味道。大致上全書充滿了形象和色彩，以最長的一篇〈八方遊弋〉壓軸。這篇是我最自私、最任性的一篇，寫膩了四平八穩、不慍不火的文字，暫時放縱自己脫韁狂奔。眞的是在這樣海闊天空的時刻，在精神上吞噬了大地和天空。因此既雜又亂，大概除了我自己，旁人不知所云，大概可稱「抽象散文」。

每隔幾年，我便充滿不安，覺得又站在轉捩的岔口，後路已老，而前途茫茫。這次也是。我好像已經來到一個狂風呼呼的荒原，四面八方都是路，也都不是路。我想揮別過去，可是那跨出的一步仍在半空。越寫而越難，我害怕自己終究只是在浪費時間。

這集文字仍然企圖把人間煙火過濾到一個比較清明的層次，不過希望眼界寬了點。形式和表達上的實驗如舊，是我永不疲憊的遊戲。內容的變動在感受和思想的層次上，遠勝於文字本身，譬如對歷史眞相和社會正義、個人在歷史中的意義的疑惑和反省；還有，對知識本身的焦慮。也許，思考時間，必然要發現歷史。

這本書具備一貫的時空主題，但不是時下所謂的主題散文書。我並沒預先設好主題，然後據此「造」出書來。而是出於性情，自然而然集中在幾個關注上，譬如品讀色彩和空間趣味，以及對時間和意義的焦慮等。因此這書反映了近十年來的歷程，而不是刻意製作的結果。「刻意」的部分在文章的收選上，許多文章之所以沒收進過去幾年的集子裡，正因等待精神上相互呼應的作品。其實這種聚集同質文字的作法不見得必要，只是當初已經這樣計畫。

我喜歡一本書打開看來拉拉雜雜似無所用心，實際上卻應有盡有。眼前的世界已經專得銅牆鐵壁，本本書都推銷專業知識。我嚮往反其道，東拉西扯，天馬行空。文學性的散文集，我願仍維持散漫隨心的傳統。主題散文書應屬於知識性（譬如專題研究、深入寫作）、資料性（譬如專題報導或回憶錄、傳記）或學術性文字，不應因此排除信手拈來的散文書。一部散文集，單篇來看是橫切，整體來看是縱剖，是有機而非機械的成品。我希望這本書是這樣，看起來像斑駁古牆，而不是剛粉刷過，一片刺眼的白。

contents

卷一

紅葉與松針

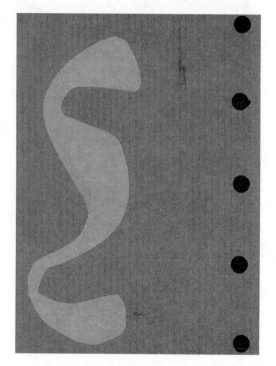

一夜大風雨後，早上起來，後院落了滿地黃色松針。我不知爲什麼非常驚奇，完全忘記了松針也會變黃，也會掉。十月，是時候了，沒有什麼值得驚奇的地方，我的驚奇本身倒是值得驚奇。

我們屋前屋後都有松樹，高過屋頂。後院陽台邊的兩棵大松樹，枝葉繁密累贅，我修剪後清整一些，小箏喜歡爬上爬下。松樹其實不適合爬，因爲容易沾上松脂，弄得到處黏黏的。我曾經一次背靠松樹讀書，頭髮黏了一片松脂，無法處理只好剪掉。小箏雖然知道松脂黏，也常常搞得手上一塊塊黏黑，但那層級而上的枝幹對他是太大的吸引，他總是往後院跑，三兩下爬到樹上，站在那裡看風景。他邀我也爬，叫來呀來呀，不知道那密集的枝幹只適合他那樣矮小的身形。如果是別的大樹，枝幹盤錯有力，其實我也很願意爬樹玩玩。

松針的顏色是一種藍綠，松樹看起來藍蔭蔭的。我和小箏坐在後陽台，面對一小片楓林，那綠色對比便很清楚。

夏天裡望去一片綠，其實那綠裡有許多不同的綠，不只是濃淡層次的分別而已。苔綠不同於草綠，橄欖綠不同於蘋果綠。仔細看，有的綠帶了咖啡色的成分，有的帶了紫色，有的帶了黃色。松樹帶藍色，所以叫松青。青是藍色，而松青實是綠色，帶了藍的綠色。國畫裡有個顏色叫石綠，便成了水綠色，英文叫aquamarine，義大利人和馬蒂斯都喜歡用這顏色。我種的迷迭香葉莖都是銀綠，薰衣草便是比較常見的深綠。

松綠是個清涼的顏色，很靜，有種幽然之感。我坐在後院看書時，抬頭看見一片松綠，覺得一種平和的詩意，「深林人不知，明月來相照」那種，而不是詩詞裡太多的，傷感的詩意。也許習慣了松樹長青，忽然看到滿地黃色松針，才會那樣驚奇。也許只是對夜來風雨猛烈的驚奇。

秋天是我最喜歡的季節。

在一切開始凋萎的時候，竟而能比一切開始新生的春天更好嗎？春天這時已經很遠了，雖然才半年以前。春天無疑是好的，瑟縮了一個冬天之後，等待解凍的心情迫切，幾乎像等待情人。然而春天經常太短，太泥爛。遲疑之間彷彿仍是冬天，忽然葉長芽抽，草綠花紅，世界轟動起來了，一天陽光強勁，竟是夏天，春天已經結束。旋踵來去，沒有足夠時間體會欣賞，春天像一種情緒，而不像事實。秋天相較要確實得多，夏天到冬天的過渡和緩而清晰。空氣涼下來，樹葉開始變色、枯乾、落下。農事收成，田野轉成金黃。季節在這時循序漸進，一如期待。我們在清涼的空氣中醒來，重新發現自己的呼吸，發現顏色和生之喜悅。

每天早晨送小箏去坐校車，冷風刮面，呼吸變成白氣上升。小箏只管張口噴氣，像隻小火車頭，滿臉神奇的欣喜。我已經忘記那樣的欣喜。許多時候以爲自己仍然保存了赤子之心，可以在最簡單平常的事裡發現喜悅。其實所謂赤子之心和眞正的童稚之情相比，只是淡薄的幻影。兒童的純眞在事事中看見神奇，毫不費力。而成人要挽留經驗必然取消的新奇，不免有些勉強，因爲那努力帶了自覺。

我們站在街角等車，有太陽的日子影子拉得長長的。仍然帶金的陽光正逐漸澄清，那輝煌彷彿預兆了一日美麗的開始，雖然隨鬧鐘起床從來不是件愉快的事。我恍惚覺得自己仍是個穿制服背書包的小學生，在稀飯剩菜的早餐後一個人過馬路去上學。因爲上學是一件和喜好無關的事，像日出日落一樣出乎個人掌握之外，它既不可喜也不可憎，只是該做的事。然而在早晨的光裡，一切新鮮美麗，充滿了不知道什麼的承諾。好像有不尋常的快樂等在前面，或有什麼了不起的事等待完成。好像世界正一分一秒往更好的地方走，偉大的事正在發生。多少年來只要我在清晨走到室外，便有那輝煌憧憬的感覺，好像回到仍有無限未來可以嚮往的童年。而同樣輝煌同樣充滿許諾的黃昏，我以另一種心情憧憬不知道的東西。成人的心情，知道什麼可期待什麼不可期待，仍然忍不住光的誘惑，在想像中創造某種可以期待的東西。彷彿秋光裡預兆什麼，儘管帶著冬天不遠的知識。

光，空氣，季節。變換，然而是規律的變換，是變，也是常。光在窗外分秒變化，而我們不曾注意到，除非突然陰暗或晴朗，驚起我們的注意。當我偶爾專注光線變化，那些繁複微妙的色澤層次令人驚喜。

珍前不久來信，幾乎整篇在講洛杉磯黃昏時光的變化。好長時間以來我一直想寫篇關於光和顏色的東西，仍然在想便先讀到她的信。她十八歲，個性喜好和我極端相似，卻又有許多不同的地方。她敏銳觀察和內省的傾向似我，而某種程度的漫不經心和放任卻又不似我。和她說話時有和鏡裡的自己對話的錯覺，然而她那麼年輕，對許多事情仍充滿年輕人典型的隔岸觀火和不屑，又給我無限驚奇。當她興沖沖描述世界時，我不免拿她像櫥窗裡燈火通明的陳列看待。她像我的對比卻又不是，像我的替身卻又不是。她仍在成型，而我已經定型。她的所有還在前面，雖然所謂的所有到後來也許只是每人能力所及的一點點。她總是淘氣愛笑，彷彿無憂無慮，永遠在閃爍上升。而她的笑裡有眞眞假假的東西，有嘲弄，有疑惑，有驚訝，有恐懼，有隱藏，有所有最後給她重量給她年紀的東西。她寫日記，華麗的獨白和內省，滿是對世界對自己的形容和剖析。她的信和日記一樣，洋洋灑灑，好像不管從什麼地方開始都可以輕易寫個千言萬語。讀她的東西有堤防潰決的感覺，是縱情的瀟灑，也是氾濫的恐懼。

樹葉已經零星在變紅，落下。院子裡黃葉漸漸又堆積起來了，而在黃葉間有紅葉，或帶紅的綠葉。我撿了一些，夾在書裡。看見新落的紅葉還是撿，找那一片紅得純正，沒有破損或斑點的完美。其實我喜歡舊時撿來的紅葉，它們有大有小，不同顏色不同形狀，各有好看。但是好像被什麼習慣驅使，我發現自己還是到處尋找那片完美的紅葉。

帶小箏去看《返家千萬里》。在滿片紅葉的背景裡，故事中的父女各駕駛一架小飛機引領加拿大雁飛向南卡羅萊納。自然的美強化了人情的美，我的眼睛不斷潮濕。忽然出現一位老婦人的鏡頭，蒼老的臉上滿是歲月和善良。我即刻想到母親，熱淚盈眶。瞪著銀幕，用力壓下痛哭的衝動。母親死時我哭得不多，也許在等什麼時候大風大雨一場。走出電影院整個人非常奇怪，好像那個悲哀的自己和在陽光下走路的自己無法交融。

把陸續撿來的紅葉夾進正在看的書裡。一本《義大利的日子》，近五百頁的散文，斷斷續續看了兩年。很喜歡，是用心體會義大利而不是觀光的旅遊書。一本《無法安慰的人》，充滿荒謬的長篇，也是看得很慢。打開這兩本書，裡面夾的紅葉有時掉了下來，我便一片片細看。這些紅葉做什麼？也許給朋友，也許做書籤，也許就這樣夾在書裡。撿的時候並沒想到這些，漂亮的紅葉在草地上，我撿起來，如此而已。當初到安那堡時第一次看見紅葉，興奮地撿拾。十五年後我仍在撿紅葉，像電影裡一個漂亮剪接便壓縮了的時間。我似乎記得又不記得許多事情，許多事已經不一樣了，而許多事卻似乎越來越像老生常談。英文有句話說，事情越變越一樣。懂得矛盾，就抓住了世界的道理。

其實，我只是要講一點季節和顏色的事而已。

空間遊戲

暫時，放眼不能越出這四壁：這裡，我的家。

我在其中。

室內生活，是不斷在屋裡走來走去。

早晨，穿過幾乎整個房子的長度，到廚房去吃早餐。然後，穿過半個房子的寬度到院子裡拿報紙，然後又穿過大半房子的長度到書房工作。從一間房到另一房間，我好像在家裡重複旅行。每間房不同大小，不同規畫，不同用途。不是博物館的規模，但是有那雛形。有時我停下來，讓眼前的空間走進意識。我收攝從窗戶射進來的光，桌面的木頭光澤，架子上的書和擺設，物與物的空間關係，整個房間的格局和氣氛。我喜歡所見，儘管家不大，而且簡單。桌子、椅子、書架、玻璃櫥、茶几、鏡子、床、地毯，每件提供舒適，和舒適的聯想，同時切割空間，彼此交談。原本寬整大片的空間有了細節，有了忽而開闊忽而緊密的活動。空間在呼吸，物件悄然透露故事。

空間有了時間，有了思想。這房子陳列記憶和歷史，並繼續累積。

可見的空間，隱藏不可見的空間。

我坐在客廳或書房，巡目四顧。幾何的線條和有機線條交錯，木頭平面與玻璃塊狀平面呼應，不同的顏色、紋理，開放的空間明示或暗示了隱藏的空間。這些裡面有祕密，有故事，交相陳述。物的語言，安靜而豐富。我坐在那裡，從字裡行間偶然抬頭，聽取空間，再回到字裡行間去。或者，我匆匆穿過一個房間，看見光影物件雕塑空氣，寂靜而充滿。在小不經意的時刻，看見我的家，像個陌生人初次看見，覺得喜歡。這是過去和未來接壤，想像和現實匯合的所在。我在這裡回憶過去，編織未來。

剛搬入新家，或剛出清舊家準備遷出時，房子空盪盪，一片白色空間，很大，很奇怪的感覺。

除了天花板、地板、牆壁，什麼都沒有。視覺擺脫了東西日常的羈絆，簡直極目千里。光從窗戶打進來，沒有桌椅先接著，給它轉折，直接落在地板上。房子很冷清，釋放了內容，它自由了。和我們漠不相關，它立即便教大自然接收了去，露出自生自滅的宿命。站在屋中央，牆好像很近又很遠。毫無阻隔的空間，卻平淡一無深度。空得那樣徹底，空氣也變稀薄了。牆好像承不住屋頂，要倒塌下來。儼然原來竟是脆弱可移的桌椅器物，拱住整個建築，使之屹立不倒。當然這是可笑的邏輯，說明空間的感覺。普魯斯特這樣解釋他的長篇小說《追憶似水年華》：「就像空間有幾何學，時間有心理學。」事實上，「建築是凝凍的音樂，」歌德說。空間通過視覺創造情境，我們不是看見，而是感覺。空間眞正的意義，是心理的。顏色也是。談論意義，是把人的意識放到宇宙中心，一切從這裡出發；也就是，從感覺、從心理出發。

然後，東西擺起來了，有了地板以外的平面、牆以外的垂直線，交錯處有了幾何遊戲，也有了角落。好像平地立起高山，山上有曲折和樹木，敞蕩的空間有了內容，有了視線的焦點。空間縮小，同時又放大了。櫥櫃使牆站出來，又往後退。視覺的矛盾，因爲是心理效果。櫥櫃的架面引進新的視覺深度，即便擺置了物品以後，這心理深度仍在。櫥櫃的趣味，就在這深度。原來平面的牆，讓一層層架子切斷。橫直之間，造成切割空間的趣味，這空間有了生機，活起來了。家具物件，人有關的愛憎悲喜、堅強軟弱，明示暗示，都在那裡。原來淡漠的空間有了人情，有了美醜。

大塊無遮，視線可以跑馬，是一種趣味。而凹凸掩翳，邀人探索，是另一種趣味。

記不清是《水滸傳》還是《西遊記》裡，有「但見那山林中閃著一座莊院」的句子。那「閃」字給我極深印象，山林的幽深霍然在前，寂靜畫面出現了動感。一個「閃」字，點出空間平面線條交錯，造成的顯隱效果。

可見的空間藏著不可見的空間，如前景與背景，互爲陪襯。我每從坐的地方，打量一整牆的書架。大部分裝滿了書，少數幾個架上放了陶瓶陶罐。光從對面窗戶進來，書架和樹上的東西有不同色澤、光影，印象活潑豐饒。如果只是一面空牆？汪曾祺小說裡形容屋牆「四白落地」，以前人形容窮困「家徒四壁」。「白」與「徒」，道盡了視覺的貧窮。

空牆讓我不安，因那強烈未完之感。一無所有的牆並不沉默，並不消極等待，而是睥睨以視嘲諷：「看你能弄出什麼來！」我急忙便掛上畫（手邊無畫，就自己作一幅）、壁氈，豎起書架，擺上書，才稍稍可以面對。牆上有物似是天經地義，畫一旦摘除，那牆猛地撞上來，幾乎要鼻青臉腫。

客廳一層書架上，有個幾層抽屜的小箱子。沒什麼大用，無用之用，如莊子形容樗樹。我很喜歡那小箱子，粗糙廉價，在店裡一見就買了。吸引我的是那幾個抽屜。

知道對抽屜感興趣，是近幾年的事。偶爾在家具行，或附帶賣家具的店裡，會看見不同形式的櫃子，或高或矮，或大或小，相同的是井然有序、一格又一格的抽屜。就像中藥行的抽屜，有的掛的標籤上註明是「中國草藥抽屜櫃」，有的乾脆在每個抽屜外寫上中藥名「當歸」、「茯苓」、「熟地」等。我總如見故人，有買下來的衝動。或者，在店裡看見不知做什麼用的小盒子、小箱子，即刻便興致勃勃把玩。盒子打開，抽屜拉出來，撥弄研究，好像評鑑什麼，再回復原狀，近乎反射動作。這套程式不斷在不同店裡重複，年復一年。

其實，抽屜本身並不帶祕密，毋寧是暗示，是那暗示充滿了意義：隱私的誘惑、對收藏的想像，或者單是內在空間的存在。看到抽屜，我立刻就想到那明顯的暗示：一個隱藏的世界，表象以外的擴張。你知道裡面有物，但不知道是什麼。抽屜的樣子很簡單，就是那樣，方方的，少數帶了曲線。誘人的是把手，像眼睛，不斷示意。有的把手是圓形木把，像凸出來的釦子。有的是金屬環，閃閃發光。說同樣的話：「打開。」像《愛麗絲夢遊奇境》裡的小瓶子，標明「喝我」。

抽屜的強烈誘惑幾乎是神祕的，帶童稚趣味。遠看，那層層疊疊的抽屜好像飽藏祕密，盡在不言中的味道。其實我不止對抽屜情有獨鍾，對建築、房間、門窗、閣樓、櫥櫃、盒子、罐子，一樣有興趣，獨不感興趣的是地下室。房間門微微打開，光從裡面射出來，或從外面射進去，充滿了神祕。夜色裡，大樓一格格的燈光，好像一個很高、許多層抽屜的玻璃櫥。

喜歡抽屜，是因爲有什麼需要隱藏嗎？沒有，我只是喜歡組織和秩序。然而隱藏的空間促使我走過去。不想什麼，只是欣然走過去。抽屜吸引我，像滿架子的書、滿牆的畫。

高中時，上學總要經過街上一家中藥行。中藥行和其他店不同，除了櫥窗裡放著稀奇古怪的東西，像大玻璃瓶裡浸著人參，一些看來像烏龜乾、河馬乾、烏黑的果子、牛角，難以想像能吃的玩意兒，最引人入勝的，是整牆的小抽屜，和架上排列整齊的白罐子。有時和母親去買藥，老闆這抽屜開開，那抽屜開開，再拿下架上白罐，然後拿小秤子秤了，或拿刀切好，分別攤入方形白紙中央，對角摺起包好。我遊目四顧，覺得這店裡藏滿了什麼美妙的東西。西藥行裡的瓶瓶罐罐，遠不如中藥行給我博大精深的從容與權威之感。坐鎮抽屜方城，那中藥行老闆好像在一個知識宇宙中央，古往今來盡在指尖。一隻抽屜打開，很深的抽屜，裡面裝著一門知識。另一隻抽屜打開，一樣不可思議的深，裝了另一種知識。每隻抽屜安安穩穩，放著某個問題的解答。分門別類，整整齊齊，那中藥行簡直是一部百科全書，讓人好奇又放心極了。我第一次看到電腦裡面的線路板，精密的電子管排列成高低複雜而又秩序的結構，彷彿一個極小的城市，那種神奇驚喜，就類似中藥行喚起的感覺。

什麼使我對抽屜這樣無限好奇？或者不是好奇，而是本能的親近？

大約高中時，我在家附近書店裡，看見一只像海盜藏寶箱的木箱。我立刻覺得正是收藏寶貝的地方，買了來。我能有什麼寶貝？不過一些書、筆記，和信封、信紙、日記、自己做的卡片。有了藏寶箱，一些體積較小的零碎，便晉身爲寶貝。

我們初到永和時的房子，我特別記得。紅色大門，前院一邊種了棵杜鵑花，一邊種了棵桂樹，屋旁一道小溝、一座汲水的幫浦，和左鄰隔一道竹籬。沿溝有兩人寬的空間，通到後面防空洞和其上的小樓。房子是日式建築、灰瓦、泥巴牆，外面釘上木板，漆成深綠色。客廳連飯廳，過去是廚房、浴室，此外四個臥房，父母臥房單獨在二樓。我們在金山租的房子很小，永和這房子相比好大，簡直豪華。二樓的房間、黑黑的防空洞和上面的小樓，給那房子獨特趣味，記憶最清楚的童年在那裡度過。第一架電視機、冰箱和錄音機，是在那裡有的。我戴上近視眼鏡，從此透過眼鏡框看世界，是在那裡。瘋狂黃俊雄的史艷文、藏鏡人、祕雕，也是在那裡。

那棟房子，和那以前以後的房子，裝滿了記憶，和從記憶出發，對世界的觀照和取捨、想像和進退。所以，「我們的房子是我們在這世界的角落，我們的第一個宇宙。」法國哲學家噶斯東·巴克拉德（Gaston Bachelard），在《空間的詩學》（The Poetics of Space）討論房子時這樣說。「房子保護做白日夢的人，讓人能安心做夢。」

博物館：包容歷史的特定空間。一座接一座的大廳、陳列室、展覽櫥窗，連接一切的光滑長廊，話語喃喃，足音迴盪。人在博物館裡，是意識就有限的擴張。正如仰觀星辰，而以科學和宗教將宇宙縮小。

然而，就大小比例，有什麼比語言、比書，隱藏了更多空間？有什麼博物館，比得上一座圖書館？甚至一家小書店？面對書架上成千上萬的書，一個人只能嘆息生命有限。光是一本書所蘊含的時間和空間，便令人驚奇。而層層疊疊的書，多少本多少頁，不止關係宇宙，簡直就是宇宙自身。一句「大江東去」、「輕舟已過萬重山」，便涵蓋多少時間和距離！

這裡我簡直不知白紙是開放，還是隱藏的空間。如果石頭裡藏著雕塑，那麼白紙呢？面對白紙，便即面對無限。哪些線條、顏色，哪些文字、段落最後會占據這片空白？千萬可能中，哪個變成現實？

我在一個短篇小說〈鏡子〉裡，第一次觸及空間的心理：「段采不能想像由自己房間走不過幾十步到祖母房間，竟像由白天走入夜晚。從完全的清晰、明亮、秩序，走入一個陰暗、模糊、不可掌握的世界。彷彿這幾十步的距離，被某種奇異的因素拉長。她走進去，走入一個幽深的長廊。非常暗，像走入一個最不可告人的靈魂深處，連理性和勇氣都不能穿透那黑暗。然而並沒有長廊，只有屋裡一條短短過道。奇怪的過道，昏昏的，充滿祕密的角落……」

後來在長篇《迴旋》裡，再一次觸及：「店前面天光大幅瀉入很亮，後面天花板上裝了兩管日光燈也夠亮，但是雅君目光逡巡，覺得仍然太暗，看不見雜物之間的陰影和角落裡面。然而並沒有什麼角落和陰影，整個油行通明大敞如抬起來的臉五官分明。」

一些語言的表達遊戲空間於指掌，一向給我極大趣味。宰相肚裡能撐船、壺中日月，有限平常的空間卻生出無限來，那想像的飛躍簡直神奇。《西遊記》二十五回，孫悟空鬧五莊觀偷人參果，師徒四人被鎮元仙使一個「袖裡乾坤」，籠在袖子裡。三十四回，孫悟空變了一個大紫金紅葫蘆，號稱可以裝天，靠天上星宿神仙幫忙，遮蓋日月，天地無光，讀了不禁要大笑。就像長鯨吸海、張生煮海、水擊三千、氣呑長虹，和呂洞賓驅石成羊、二郎揮鞭趕山、孫悟空跳不出如來佛掌心，有限無限意象的玩笑並置宛如平常，空間和語言交互的遊弋縱橫，永遠給我無窮的喜悅。

由抽屜、箱盒、櫥櫃、門窗，而到房子、村鎮、城市。

我格外喜歡歐洲傳統的村落和小鎮，尤其是有城牆的。郝爾舅舅是個建築師，上次去看他和舅媽，他剛好在整理多年來的專業建築雜誌，看見本本印刷精美，捨不得丟，拿了兩本給我看，我立刻接收了，好像我的雜誌書籍還不夠多似的。其中一本專題討論義大利的山城，照片上大塊的山頂密集排列如碼頭箱籠的房子，近看是白牆、小窗、窄巷、台階、圓拱、陽台、欄杆，光影層疊，是大塊的面對應緊密的轉折，整個像座大雕塑。

從敞蕩的平原到高樓聳立的大城，從草木風雨到呼嘯的車輛和閃亮的霓虹燈，一個人馬上倒退三步，縮小了。和人面對長空浩瀚的渺小不同，那是理所當然。而在聲勢奪人的緊張繁華中，個人的渺小比螻蟻更無足於道。要習慣了那動靜大小的對比，在冷漠無情和虎視眈眈中間找到一個人情的觀測點，然後才可能放鬆享受那些剛硬筆直的大樓，其實不過是巨大的櫥櫃，是個活躍的心靈的玩具箱，充滿了大塊平面的外在空間，和曲折祕密的內在空間，充滿了格子、架子、抽屜。夜晚的紐約是個玩具之都，那些閃亮的燈、閃亮的大樓，被隱形的架構支起，矗立黑暗之中，裡面多少玩具人玩具車，多少故事和祕密！

看得見的城市，即刻呼喚底下另一看不見的城市，這是城市的意義。伊塔羅・卡爾維諾在《看不見的城市》裡，有太多精采的片段：

「每座城市都從與它相對立的荒漠那裡獲得形貌。」

「隱藏的城市——記憶過剩而且多餘，重複著符號，使城市得以存在。」

可見的空間隱藏不可見的空間。可見的人隱藏不可見的人。可見的城市隱藏不可見的城市。隱藏是一種現象，不是邏輯。

這家東方家具店，我從沒進去過。那天無心進去逛逛，在店後面發現一個暗橘紅的中藥櫃，許多小抽屜，每隻抽屜外寫了一對中藥名。眞好聽的名字，如詩：野菊、半夏、白芎、川芷、破石、杜仲、意茄、續斷……我跪在地上抄，沒紙，抄在支票簿裡。經理（如果不是老闆，聽語氣不像只是店員）以爲我有意，和我談價錢。我確實有意，然我有意的櫥櫥櫃櫃太多了。譬如靠近店門口，一張桃花心木中國古式櫥子，蓋子拉下來是張桌子，裡面部分是一隻隻小抽屜和格子，我坐在桌前，撫弄格子，開關抽屜玩，已經可以想見在這樣一張桌上工作的樂趣——只是想像。

想像這樣一個故事：一個人打開一隻抽屜，爬了進去，裡面是一個世界。一隻隻抽屜爬上去，每一抽屜是不同世界。同樣，那人讀書神遊，而當由書中抬頭，四下看看，無處不是抽屜，空間在可見不可見處進出，笑聲叮噹，彷如遊戲。

可見的空間隱藏不可見的空間。

可見的人隱藏不可見的人。

可見的城市隱藏不可見的城市。

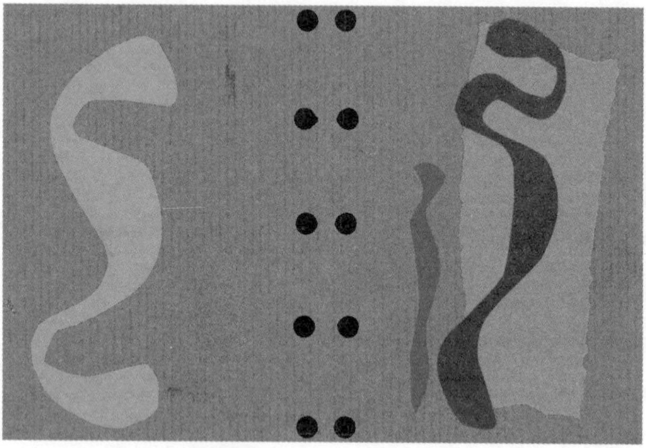

在冬天的海灘

到過冬天的海灘嗎？冬天是到海邊的時候，一位朋友說。

夏天的海灘覆滿了人體和毛巾，空氣裡海味混合了防曬油味。不是我喜歡的地方。冬天，人群遺棄的海灘回復了它應有的孤獨和廣大。水，天，風，沙，海鷗。安靜。律動。

雪後的海灘。我沒看過大雪覆蓋的海灘，一日突然充滿了憧憬。我們來到的週末已稍回暖，沙灘上的雪化了大半，剩下片段殘餘，襯得熾陽下發白的淺色沙灘格外黃。海灘上幾乎無人，而竟有一人在海水裡滑板衝浪。陰天，沒什麼浪。遠方天際，隱隱約約豎起一片高高矮矮的灰黃建築：紐約。叢叢黃草搖曳白雪中，堤岸巨石厚重剛稜如顏眞卿。又有一人夾著衝浪板往海水走去。我眺望這一大片灰黃空曠，腦袋裡門戶大開，胸腔敞蕩可以馳馬。眞好，人在室外，在天地中。

在天地中，在時間中。每粒沙都是時間，嚴格來說不屬於你我的時間，遠在你我之前，天地開闢之後，陸地與海洋不絕摩擦，岩石磨成沙粒，滄海化成桑田。我們都在那時間之內，而那時間不屬於我們。也許，從來沒有任何時間屬於我們，總是我們屬於時間。然而我們不能沒有據有時間的幻覺，我們必須想像自己在舞台上，不論精采與否，我們的戲上演：這是我們的時段，甚至，這是我們的時代。

事事緊急，我們的時代是時間荒原。被分秒綁架，時刻身不由己。除了由這刻驅趕向下一刻，在時間縫隙間無法聚焦定影，還有一個「己」嗎？在這海灘上，時間以亙古的原始律動自然行進，徐緩，從容。除了露在空氣中的手漸漸凍得發痛，提醒不要久待，我幾乎無知於時辰。如紀德《阿敏塔斯》裡寫突尼西亞：「這裡時間經過，無知於時辰。我們安於無所事事，無聊變得不可能。」可以坐在堤上，可以散步沙灘，可以左看，可以右看，只要不凍僵，這裡無聊也似乎變得不可能。

我原想像大晴日，天藍海藍，白雪覆滿沙灘。而這陰灰的天，陰灰的海，灰黃的沙灘，間歇的白雪，這整個無精打采的色調依然美麗。我不應以意想固結了美的可能，我原先的想像正缺乏想像。

還是想看大雪無垠的海灘。甚至，大雪中的海灘。

也許什麼時刻的海灘都好看，只要無人。

我們必須想像自己在舞台上，

不論精采與否，我們的戲上演；

這是我們的時段，甚至，這是我們的時代。

高速風景

——讀書旅行札記

那具你去年種在花園裡的屍體，
發芽了嗎？今年會開花嗎？
——艾略特〈荒原〉

不要悲嘆駱駝和篷車逝去。
——威廉・朗格威舍《揭開撒哈拉的面紗》

1

州際95號高速公路。今年四月初，我們又在這條路上奔走。從紐澤西往佛羅里達棕櫚鎮，來回兩千五百哩。除了第二天一場大雷雨十分驚人，一路上景觀單調。在美國走高速公路開車旅行，不管什麼方向，大部分時間只能以單調兩字來形容。你睡了一覺（若幸而不須自己開車）再睜開眼，看見的還是先前景觀。

當然，最後景觀畢竟不同。往南過了南卡羅萊納州可見西班牙苔①垂枝而掛，沼澤多了起來，再南可見棕櫚樹。或由東岸往西翻過阿帕拉契山，穿越中西部大平原，終於看見在平原盡頭升起的洛磯山，山後穿過加州是太平洋。而在這裡和那裡之間，是野曠天低讓人自覺渺小終至無聊麻木的廣大空間。偶爾經過城鎮或村落，可是除了名稱不同毫無特色，好像一個模子打造。地方面目模糊，也使旅人面目模糊。我在哪裡？你問自己，好像跑了半天只不過就地打轉。

A

最近我開始讀一本曾幾次逃避的厚書《藍色公路》。原以爲可能會有些枯燥，卻立即就發現文字精簡，充滿了趣味的鄉野傳奇、地方口音和犀利的幽默，隨便撿一段都可以百讀不厭。

「不爲什麼，只爲公路就在前面。」作者威廉斯・最小熱月在書裡說。他名字怪，因爲帶了印第安血統，半是印第安名。他哥哥叫小熱月，他自然而然便成了最小熱月。書名《藍色公路》，是取自天將亮未亮時，路面看來的顏色。

某年冬，最小熱月工作婚姻兩失意，進不能改變現實，退卻可以一走了之。考慮了半天，終於在一個冰冷的早晨，將一點行囊和簡單用具丟入卡車「鬼舞」，出發循小路去探訪美國。到那些「讓你說：『天啊，如果你住在這裡！』」的地方，到那些「哪裡都不是的地方」。他要到那些深藏在曲折小路的地方探尋美國的腑臟，於是單人一車，帶了落寞、清醒和僅有的一點錢，深入這片從一四九二年哥倫布「發現」到現在還沒老舊的美國新大陸。其實他並不知道自己在找什麼，也許是一點古老、名不見經傳的眞人眞事，一點在這速成統一包裝的現代世界裡仍倖存的獨特眞實。他專走小路，迫不得已逼上高速公路也是儘快就下來。他在地圖上可能找不到的小村鎭停留，向村裡的長者打聽當地歷史。有一次他在一家雜貨店裡打聽某人，店裡人問爲什麼找，他說：「不知道，我也是要問了他才知道。」店裡人說：「這倒稀奇，從來沒聽說過。」

2

我們曾東西南北開車過美國。從安那堡到康乃迪克州新港、到首都華盛頓，或從密西根到科羅拉多，或從科羅拉多到威斯康辛、到紐約長島，或從紐澤西到緬因、到佛羅里達。而不管往什麼方向，白天還是黑夜，開的是小破車還是搬家大卡車，一上高速公路，立即便被那廣大的空間吞噬。

在美國的空間中一個人很容易就消失不見。無名無姓，無足輕重，很難想像個人以一己雙肩擔起那樣廣闊無盡的天，吞吐傳統儒家士子「以天下爲己任」的氣概。漫步這一大地上，沒有歷史的沉重拖墜，沒有傳統束手縛腳，只有眼前空無所有的大，只有未來。你可能因此心生慷慨，壯志豪情要從這片「無」中走出去，奔出轟轟烈烈的「有」來。不然可能被這極目的天地所催眠，就此生於斯老於斯，一輩子老實工作，平常忠心耿耿的剪草種花，假日時在院子裡烤烤熱狗和牛肉餅而以爲滿足。

像惠特曼的詩所說：「噢公路，你比我更能表達我自己。」

B

如何表達 nowhere 和 nobody 的意思?英文裡經常可見這兩種表達。旅行者常會說：「I was in the middle of nowhere。」一位愛爾蘭作家的回憶錄叫《Are You Somebody?》自然，somebody 是 nobody 的相反詞。寂寂無名，無足輕重，什麼都不是，你就是個 nobody。

中國人的意識中心是歷史、傳統，密密麻麻塞滿兩耳之間。但在美國，空間主宰一切，那空不是抽象的概念，而是生活現實，是地理。在大部分地方，可能開車不超過半小時，便好像遠離紅塵到了荒郊野地。頂上是廣闊的天，腳下是廣闊的地，草木蟲魚鳥獸豐盛，但是，沒有人。一個終日在囂嚷的台北或紐約街頭奔走的人很難理解「哪裡都不是」的那種洪荒兼恐慌之感，要置身荒野自然之中，才能切身體會 nowhere 和 nobody 的意義。

不久前，《紐約客》雜誌曾刊出一篇談惠特尼藝術館「美國藝術歷史」大展的文章，批評該展大而無當。文勢凌厲，而竟出現這樣驚人的句子：「代表美國人的特質即是什麼人也不是。深處，我覺得誰也不是——這內在的空洞是我眞切擁有的東西。」

這種沒有過去沒有歷史而只有空間的特質深入美國文化，美國廣大的物理心理空間需要非常的東西來塡補，而在這以自由和消費爲中心的商業社會升起的，固然有像路易斯和科拉克②、林白這樣「挾泰山以超北海」的英雄，更重要的是白手起家的富商和燦爛奪目的明星名流——這片從太平洋到大西洋的大陸是全世界最新最大的舞台（直到這舞台在二十世紀下半擴大爲全球）。沒有畫家比艾德華・哈波更美國，他的畫徹骨表現了美國人這種內在的虛無和孤立。安地・華荷的意義，在以光艷重複的形象呼應美國文化名流崇拜和大量複製的本質。而以揮灑油彩震撼人心的怪才傑克森・

波勒克的畫面裡沒有人，只有扭曲顫動如呼喊狂嘯的色彩。

當年有點文化的美國人都奔往歐洲，因爲如葛楚．思丹的名言「那裡沒有那裡」指出，美國不只沒有那裡，也沒有這裡。「這裡」可說只是家的擴充，是心靈熟悉的產物、需要擺脫的束縛。重要的是「那裡」，而所有不是這裡的地方都是那裡，都可憧憬，值得爲之而離鄉背井。於是從窮鄉僻壤，從安定死寂的郊區，從保守閉塞的小鎮，許多人提著皮箱肩著背包上了火車、巴士、飛機，或自己開車離家。美國文化，是急切要離家的文化。美國人從十八歲前後，心理上便一點一點離家走了。等到眞的跨出家門，一走便是永遠，可能不斷往前而永不到達，即便已經安居樂業功成名就，心情仍在路上，惶惶然不知安身立命爲何物。因爲事實上無所謂到達：現實永遠不足，而「那裡」永遠懸在鼻尖。美國人最好的寫照，可說便是這種永遠上路無盡追趕的匆忙和不安。所以他們勇於創新，時刻追求刺激。除了死亡和睡眠，唯有看電影電視時才鬆弛下來：暫時，他們可以癱在沙發上旁觀畫面人物追逐。

3

爬行過兩天高速公路我們終於到佛羅里達，悠閒過了一星期。

那一週是眞正的假期，無事逼壓，我們每天在後院的游泳池畔閒晃。我做一向最喜歡的事：看書。那星期我沉浸在愛爾蘭、英國、羅馬和巴爾幹、拜占庭，在歐洲複雜古老充滿了神話英雄殺伐悲慘的歷史之中，再一次爲彌補自己的無知而彷彿製造更多無知。我緩慢旅行過文字，不時由書中抬頭回到現在，看看游泳池裡獨自玩水的小箏，和婆婆說一說話，然後眼光伸展，四顧紗網之外的景物。陽光下，一條環形人工運河穿流過住宅間，兩岸翠綠草坪環繞劃一的灰色獨立平房。時間在緩慢中帶著生命應有的寬闊和甜美，而每次，那些一模一樣的住宅破壞了緩慢時間特有的廣大和深沉。

眼前景象刺傷我的眼睛，那背後有什麼我一時還不了解的東西深深觸犯了我。一週後我們走時，我眞是迫不及待離開那好像消過毒的「美麗新世界」。

4

生活，必須是不斷質疑辯證的過程。而在佛羅里達一週，每天視覺上是令人窒息的極度單調。即使有扶桑和棕櫚，有雲影移動天光，有鷺鷥翩翩飛來，仍然，整個景觀與我格格不入。那些一式的灰色住宅、整齊到每一莖草都似精心修剔的草坪，以一種死寂之美否定了矛盾與爭執的可能。你感覺得到底下讓你聯想起嚴刑峻法的東西，知道若你貿然闖入極可能被驅逐出境。事實是你根本進不來，除非通過入口的守衛。這種設關的社區 (gated community) 原來局限於富人社區和養老社區，如今在佛羅里達十分普遍，擴及到一般中產階級。這些住宅區迥異美國一般象徵自由博愛的開放社區，外圍封閉，門禁森嚴，閒雜人除非通過門口警衛無法輕易進出。這些圍牆社區說的是：「我是我，你不是我。」

在那公式化的灰色社區後，我看見對伊甸園的追求。由伊甸園進而想到桃花源、烏托邦、理想國，而這一串想像最後都被兩個驚心大字堵死。──美國便是答案嗎？

古今中外，理想國有不同名稱，許多版本。章回小說裡的仙境常是玉樹瑤池，和佛家極樂世界「琉璃樹、黃金池」的景象差不多，熱鬧庸俗。沒人想像天堂白慘慘看起來跟醫院一樣，電影《綠野仙蹤》擺明了到歐茲國是從黑白進入彩色。老子「小國寡民，老死不相往來」看來沒什麼趣味，「桃花源」良田美竹，悅目多了。《1984》的大洋國極慘淡，拍成電影只見滿銀幕藍森森的顏色。《美麗新世界》相較鮮亮許多，其實意境仍十分黯淡。

極權政治常由顏色控制表現出來。共產國家人民穿鐵灰制服，納粹統治下的猶太人要帶黃星，進集中營後手腕上刺青色號碼。《百年孤寂》裡有一處提到馬空多村民要漆房子，但新政府規定只准漆白色。我在長篇小說《迴旋》裡曾提到美國少年小說《時間皺褶》裡有一段，描寫在「它」控制的星球上，所有人想同樣的事，所有房屋一模一樣，所有球同步上下，在同時間每家門打開，走出做母親的女人同時叫喚子女。這兩處描寫都給我極深印象，當年如此，現在還是。當然它們遠非想像，而是從當時隨處可見的極權現實取材。在中國大陸、蘇聯，在東德、東歐，在中南美洲，舉國上下曾同聲高呼，說同樣的話，想同樣的事，過同樣的生活，凡事同生死共進退，是爲共產主義自豪的人間天堂。然而《生命之歌》中，韓秀一語便點破了其中眞義：「文革前，醫院什麼都是白的。運動來得轟轟烈烈，『破舊立新』，白的全染成藍的……」在昆德拉最好的小說《笑忘書》裡，一群人圍成一圈牽手跳舞並不是歡樂的景象，而是群眾麻木盲目的表徵。

5

在《都市設計——街道與廣場》裡讀到有趣的一段，也和漆房子有關。英國名城巴斯新月廣場有一戶人家想把大門漆成黃色，引起爭議。專家的看法是爲整體觀瞻，大門當然應該維持白色，不過最後法律還是支持了那家人的選擇。

我婆婆曾在居民會議上提問：「是不是可以把自家大門漆成別色？」事實上她早知必然遭受居民代表否決。她和公公遷進之前，已知該社區的種種成文限制。只是既然是居民，她覺得至少有提出異議的權利。譬如：「我們可不可以把大門漆成紫色？」她是存心刁難，驚得居民代表斬釘截鐵一聲：「當然不行！」一位鄰居更說：「若你大門漆紫色，我可不要住你隔壁！」

加上一點誇張，我可以想像那些居民代表的禁忌從房屋顏色延伸到居民膚色、職業，乃至庭院花草、服裝、汽車和飲食。這種想像彷彿荒謬，其實一點也不。放眼望去，這種看似可笑的強制統一，事實上已通過市場普及於美國及世界生活的各個層面，無嗅無味彷彿無毒無害的自由經濟實現的是無限複製的文化，或者說，無限複製美國文化的文化——我們生活在自由經濟的專制統治中。無所不在的麥當勞、肯德基炸雞、可樂、迪士尼樂園、好萊塢電影、K-Mart、Barnes & Noble、Blockbuster、Starbuck……使所有地方千篇一律。世界各地的特色正逐漸消失，各種文化的紋路一點一點被那隻「看不見的手」撫平。所有的路都高速通向美國：你到歐洲看見美國，到亞洲看見美國，到非洲還是看見美國。現代人的惡夢是「無所逃遁天地間」：沒有這裡，也沒有那裡；你好像住在一個四面鑲滿鏡子的世界裡，望去只有無盡重複的影像：美國、美國、美國，閃爍不斷的單一訊息：購買、購買、購買。

這世界的恐怖不是末日可能來臨，而是我們興高采烈任市場奴役而以爲自主。對任何排他的單一思想體系或狀態我都存疑。問題在「一」字，統一、單一、一元、一體，代表了絕對、無上、不能挑戰、不能更改的「一」。

這「一」過去以極端的權威和教條出現。我記得三十年前在台灣成長期間到處的領袖像和標語，一套又換過一套的制服，理得極短的頭髮，每名學生臉上相似的呆滯表情，除了聯考沒有出路那種封閉壓迫的氣氛。我記得那種無處伸展沒有選擇的苦悶。

當年我亟欲逃脫那種處境，到現在還在逃，只不過逃的是現代的「一」：無孔不入的資本主義，或者說自由極權。共產主義潰敗後，資本主義更唯我獨尊，沒有一種思想可與之抗衡。全球急速的商業化，美國文化透過其強大企業壟斷、窒息乃至扼殺其他文化。那景象如我在佛羅里達所見的灰色社區，如美國各處的相似景觀，如新聞不斷複製的消息，如好萊塢公式化的電影，如單調的美國高速公路。這世界以一種近似盲目的意志分裂增殖，無止盡的企業化、規格化、全球化，決絕的走向「一」。

抽出那本舊專業建築雜誌，我再一次重讀諾曼．卡佛那篇《義大利山城》。卡佛的描述和芙蘭西斯．梅耶斯在《托斯卡尼艷陽下》裡所寫的一樣令人神往，又令人感傷。

他開宗明義就說：「義大利人蓋了世界上最富人情味的小城。」義大利的山城常由蜿蜒排列的平房在起伏上下的坡地組成，可是並不單調，反而是統一中充滿了變化，空間有韻律的起落迂迴如音樂。因爲「房屋雖然緊密，卻不給人侷促之感。街道狹窄曲折，盛夏時造成涼蔭，然隨處可見鄉野，白色的街牆則反射亮光到每個角落——這些都讓小城充滿了情趣和生機。」所說正是中國建築寓人文於自然，山重水複柳岸花明的風貌和情調。讓我想起讀到而從未見到過的，青石街道、牆頭探出花木、轉角一家老舖的中國舊城鎮。

最後卡佛說：「若世界停駐不動，我們或者能發展出新的，比我們現在摧毀的更可解更親切的建築傳統——然而可以確定的是：我們再也不會走過這條路了。」

6

那天我們到 WIZ 去買電視，面對上百同一影像的電視螢光幕，我不由呆視。眼光巡迴過畫面，每一畫面似乎嶄新躍入視界，卻不過是重複，一而再再而三，同步活動的畫面令人驚嘆、暈眩，終至麻木、呆癡。我站在那裡，讓這世界以無盡重複的影像向我轟擊。而這不是比喻，是如假包換的眞實。

註：①Spanish moss：美國南方常見附生於樹上，垂掛如鬚的植物。

②路易斯和克拉克(Lewis & Clark)奉傑佛森總統之命，率隊通過美國白人從未涉足的西部蠻荒，探勘通往太平洋的水路。從一八〇三到一八〇六年一路歷盡危險和艱苦，不但勘察到沿路的地理和動植物，並記錄所見印第安部落的風土人情。經過路易斯和克拉克探險之後，西部才正式進入美國人的意識版圖。

Kokopelli
CAFE

卷二

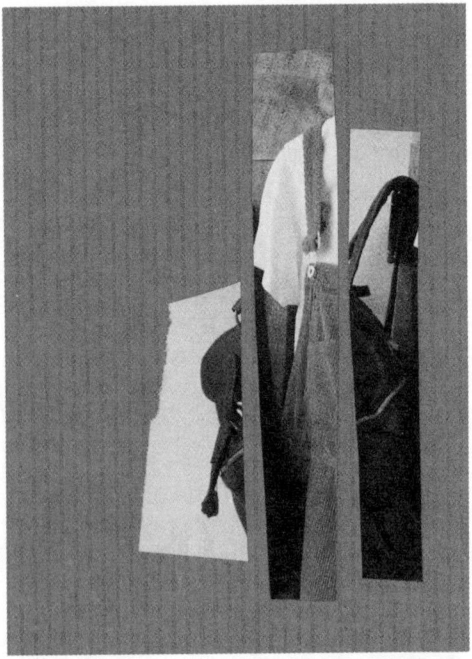

愛麗絲落下

0

在醒睡邊緣有一個地帶，你無止盡掉落又漂浮，感覺不到自己手腳末端，不知道自己的大小和重量，不知道自己在哪裡。

1

愛麗絲掉進了兔子洞，不斷往下掉。

也許是掉得太慢，也許是洞太深，愛麗絲有充裕時間想：這樣要掉到什麼時候才完？掉了許久以後，她開始覺得會永無止盡掉下去，覺得這樣掉已經變得十分自然，不能想像不掉的情形。她幾乎忘了在地面上是什麼樣了，要很用心才能記起地面上東西是平面分布的，她在那個平面上移動。事實上，除了上下樓梯（那時還沒有電梯），人都像棋盤上的棋子水平移動。她記起躺在樹下草地上，頭枕在姊姊腿上，看見姊姊讀的書裡只有字而沒有圖，心想：沒圖的書有什麼好看？暖暖的風吹來，她快睡著了，看見遠遠草地上有野雛菊，拿不定主意要不要起來摘，然後她看見一隻兔子匆匆跑過去。這本不是什麼稀奇的事，可是如果沒有那隻兔子，如果牠沒從背心口袋拿出懷錶（這可是件稀奇的事），她就不會跟在牠後面，莫名其妙的滾進兔子洞。而她無意追究到底是怎麼掉進了兔子洞，反正已經掉進去了。眼前她經過一排排櫥架和書架，上面有各式各樣的東西，看的、讀的、吃的、玩的，應有盡有。她掉的速度並不很快，可以從架上取下東西來看，再放回到下層架上。她取下一罐橘子果醬，打開失望發現是空的，放回下一層架上，取下另一樣東西來看……不知我掉了多久，爸媽一定很著急。然後她想起姊姊在樹下讀的書，那好像久遠以前的事，她好像已經掉到了時間之外。再這樣不停往下掉，我就要穿過地心，從另一頭的中國出來了，她想：那一定很奇怪，從一個大家頭上腳下的地方冒出來，還要打拱作揖，作揖是怎麼做？……也許，我會就這樣永遠掉下去，無止盡的經過放了各式各樣東西的架子，直到我不再記得不往下掉是什麼樣子，她繼續想，並不慌張。不知那些架上會有什麼好玩的東西？會不會有蕾絲的高跟鞋、波斯音樂盒、蝶翅粉做的顏料、中國的走馬燈？她好奇想。

一世紀後，魯西迪的長篇小說《魔鬼詩篇》開頭，兩個印度人也不斷往下掉，從空中，不斷掉掉掉……

2

坐了三十年牢以後，他受不了任何關閉的東西。對他，每扇門、每只抽屜、每具櫥櫃都藏著某種恐怖，所以每扇門、每只抽屜、每具櫥櫃都不關死，都微微打開一條縫。

十八歲那年他雖然無辜，卻因牽連進了獄。在牢裡他日夜祈禱有天出獄，再像平常人一樣走過街道。他祈求：「只要給我自由，不管是臉趴在陰溝裡，還是到處流浪都沒關係。神啊，讓我在街角乞討，只要給我自由！」

出獄那天，他沒有狂喜，只覺恐慌。眞正的自由和想像完全不同。

「那第一個早晨，你走到門邊，手在門把上，你說：『我能，這我做得到。』然後你打開門，打開一條縫，可是你沒走出去。你在門邊偷看。因爲你不知道怎麼辦。所以你呆呆站在那裡向外看。我會走出去的，你告訴自己。遲早，我會走出去的。」他說。

他畢竟走出去了。一年半後，他還是覺得自己像張玻璃，輕易就會碎掉。街上那些自由人和他好像是不同族類，他們大剌剌來去，做自己想做的事，天經地義。而他自覺沒那權利，甚至沒那能力輕輕鬆鬆地走過街道。他覺得自己一無是處，好像臉上帶了標記，人家一看就知道。他戰戰兢兢走出家門，左邊看看，右邊看看。他曾經十分熟悉這一帶街道，以前充滿了節奏音樂和藍調音樂，現在完全是另一種聒噪和景象。出獄那天，站在監獄大門口，他閉上了眼睛，不願別人看見他的恐懼。然後身在外面了，在那日夜夢想的地方，在他長大的街頭，卻不敢往前跨出。夜裡他夢見自己又回到了牢裡，每晚他做相同的夢。他知道自己會一直做這樣的夢，直到死為止。

3

唐吉軻德原不叫唐吉軻德，是他從鄉紳一變而成流浪騎士那天，才給自己取了這名字。他起初並無隨從，一個人披掛了舊盔甲騎了匹老馬便上路去行俠仗義。幾次三番被人打得遍體鱗傷，一次他重傷倒在路旁，蒙附近一位農夫認出他來，把他送回家。他的兩個好朋友剛好在他家，看見他的情形，覺得必須採取斷然措施。他們相信唐吉軻德所以這樣瘋瘋癲癲，全是因為讀了太多騎士小說。於是到他書房，一本本檢查他的書，除了少數幾本，全都扔出去燒了。然後用牆把書房所有門都封起，好像書房根本不曾存在一樣。兩天後唐吉軻德醒來，立即便想到書房。他到原是書房門的地方，只是一片牆。他以爲走錯了房間，便換個方向走，但全屋上上下下，怎麼都找不到書房。問僕人，女僕說根本就沒有書房，整棟房子一本書都沒有，全都給魔鬼弄走了。不是魔鬼，是個魔術師，他的姪女說。你走以後不久，有一晚那魔術師捲了一團雲霧來到，下了坐騎的蛇就到你書房去了。我不知道他在書房做什麼，過了一陣他從屋頂飛走了，留下滿屋的煙。書房不見了，屋裡所有的書也不見了。不過我記得很清楚，他走時大叫說，因爲這些書的主人是他的舊仇，所以毀他的書。他說他叫××。唐吉軻德說，那應該是某某某，是個偉大的魔術師，也是我的舊敵人……。從此唐吉軻德不再提起書房的事，大家暗自以爲他的毛病好了。不久後唐吉軻德悄悄帶著附近一個農夫桑丘做隨從，一馬一驢，又去遊俠天下了。

4

保留空間給大自然，在最小限度的地面蓋起高樓，彼此以天橋相連，樓與樓間可以互通猶如地面，於是我們有了三度空間城市。《都市設計——街道與廣場》裡提到過去曾有空中街道的構想，可惜因太奇異未能實現。

好萊塢電影《第五元素》裡，創造了另一形式的三度空間城市。我們看見摩天大樓之間，飛車、飛船在不同高度忙碌穿梭。那種強烈的上下視覺效應，就像穿梭樹林間的前後遠近之感。

電影《極光追殺令》是部失敗之作，但中心構想頗為有趣。一座夜夜更新的城市，當人們再度醒來已面目全非，舊建築下沉，新建築升起，整條街整座鄰里在一夜間完全改觀。想像一個人在這樣一座城裡，早晨醒來走出門，毫無防備面對一座完全陌生城市的感覺。但是電影裡的人物並無這樣的驚懼，因為他們和他們的城一樣，已經在夜裡經過改造，由一個人變成了另一個人：他們的記憶被另一人的記憶取代。什麼是人？是否就是記憶的總合？外星人試圖經由人與人間的記憶移植來探究人的本質。可惜電影裡太多處無法自圓其說，尤其最後一場漫畫書式的決鬥十分可笑。但那陰暗迷惘的氣氛，那一夜間建築翻天覆地的震盪，仍令人難忘。

5

箱子、櫥窗和幻想，有限和無限。

美國雕塑家路易絲・那佛孫（Louise Nevelson）的雕塑，由高矮大小不等的長方形黑色木箱組成如高牆，裡面安置了同樣黑色的木條和幾何或彷彿實物的形體，望去如藏書千萬的大書櫥，又如古老歌德式大教堂雕飾精細的牆面，肅穆雄偉同時卻又帶著如詩的音樂和神祕。

同是木箱雕塑，另一位美國雕塑家喬塞夫・康乃爾（Joseph Cornell）的作品性格幾乎相反。抽屜大小的木箱，裡面安置了種種康乃爾畢生搜集的，譬如石頭、舊信、舊報紙、樹枝、玻璃罐、圖片等普通物件，以怪異的邏輯安居在玻璃窗裡，組成奇幻的故事，如縮小舞台的戲劇，如神奇的博物館。

6

阿根廷近代最偉大的短篇小說家波赫士有一篇〈巴柏的圖書館〉。故事說宇宙其實是個圖書館，由無數天橋相連的六角形高塔組成。圖書館裡藏書無限，凡天下之書應有盡有。裡面有句古老格言說：圖書館是個球體，中心在任何一座六角塔，而表面積無法度量。每本書都是四百一十頁，每頁四十行，每行八十個字母。書脊上的文字並非書名，不代表內容。事實上，圖書館裡的書似乎完全雜亂無章，所說都是不可解的荒唐言，偶爾才有一本敘述有條有理的書。有的書看來一模一樣，只有一個字母或標點不同。據說有一套記載所有人過去未來命運的書籍，有的人爲了找這些書而在圖書館裡上下攀爬，甚至爭論、殺人。也曾有人熱切搜索一套記載時間和圖書館起源的書，以爲在裡面可以解決一切神祕……。曾有許多純粹派的教徒大肆清除他們認爲不純不潔的書，不過由於圖書館太大，絲毫無損其中的龐大藏書。還有人以爲可能有一本萬象之書，包羅了所有其他書的內容，人在其中可以窺見神，然而從來沒有人找到過。有人說圖書館再大，終究有界限；有人認爲圖書館沒有疆界，沒有盡頭。

最後，敘述故事的老圖書館員這樣建議：圖書館周而復始，永無止盡。所以一個永恆的旅人在許多世紀以後，可能在別的書架上看見他先前在別處見過的書，同樣亂七八糟排列。老圖書館員特別強調：既然是同樣亂七八糟，便是一種微妙慰人的秩序。

7

他在郵局做事，稱自己住區叫「文化荒原」。他認爲世界是個醜陋的地方，但這些都可以忍受，因爲音樂，因爲他的收藏。

他是個業餘民族音樂收藏家，也是個出色的吉他手。沒唸多少大學，對音樂的學問全靠興趣和自己摸索。從藍調音樂開始，到美國山民民謠，然後到非洲音樂、西藏音樂。他說：「你開始注意到一九四○年代非洲、巴西、葡萄牙音樂裡的五音音階和爪哇銅鑼樂團音樂是一樣的。」由水平而垂直，他的音樂知識隨著他的搜集而拓廣加深。

他和母親、弟弟住在長島一棟不起眼的小平房裡，重點在地下室。窄小的空間沿牆豎滿了木架，各種傳統音樂的唱片和各式樂器分門別類排列。洗衣機後面是「吉他室」，安置他搜集的大量吉他，包括一支屬於第一批的電吉他和用咖啡罐做的曼陀林。然後是「珍本書室」，容納了幾千冊藏書。而這地下博物館的心臟是「唱片室」，這裡他蒐羅了一萬多張78轉的老唱片，都是他幾十年來陸陸續續從人家的車庫拍賣或是救世軍的舊貨店裡搜來的。散布架上和角落地上，還有許多或眞或假的骷髏頭和其他動物的頭骨，甚至還包括了一些恐龍骨的化石。他的「祕密博物館」讓人想起康乃爾的箱形雕塑。

微胖，衣著隨便，灰白頭髮紮成馬尾，煙槍，不抽就委靡無神，他形容自己是個

「次次音樂歷史學家」。「音樂是世界語言，不過你要找到鑰匙才進得去。」他在一架老式唱機放上一張老阿拉伯唱片，起初聲音沙嘎，但很快就清楚了，歌手聲音很大，簡直像就在房中。他看進喇叭擴聲器深處，說：「沒什麼比得上用維多拉（Victrola）聽78轉唱片的，那裡面有什麼神奇的東西。不像看電視或電腦，玻璃幕把你隔在外面。可是這把你拉進去，它要你跳進去。」

8

這些抽屜、櫥櫃有個共通點：都沒有關好，櫥門微啓，抽屜留了條縫。都是他的傑作。她問：爲什麼不能關好？差那麼一點點，就那麼難嗎？他起初不承認，等她指出幾次以後，才終於承認。然而那些門還是老樣，尤其是浴室鏡箱的門，總是微微開啓，好像在開關之間猶豫不決，好像張了嘴在問問題。有時她隨手關好，有時忍不住，拉了他去看那些微啓的門，問他爲什麼。他答不上來，說要改也總不徹底，總是有一扇門要關未關，充滿了疑難。

這些開關之間的門提出兩個問題：一個是爲什麼不能關好，一個是爲什麼要關好。兩個問題其實是一個問題的兩面，而沒有絕對答案。她好奇什麼促使一個人關好抽屜或櫥櫃的門，卻促使另一人留條縫。是嚴格相對馬虎？徹底相對懶散？效率相對心不在焉？還是純粹偶然？

秩序和混亂，哪個是櫥櫃的眞相？美國人形容祕密是「衣櫥裡的骷髏」，小孩子總害怕衣櫥裡有怪物。

關燈後孩子已經閉上了眼睛，很快又張開來：衣櫥裡有什麼可怕的東西隨時會出來。孩子有一張畫裡衣櫥的門已經微微打開，怪物半身探出。孩子跑到他們臥房裡，叫：媽咪媽咪，我做了一個惡夢！你睡著了嗎？沒有。沒有怎麼會做夢？我就是做了一個惡夢。我好怕，我要和媽咪爹地在一起。她准他待十五分鐘。

她的衣櫥門緊閉，而先生的微微開啓，裡面的襯衫、長褲和外套似乎輕輕在呼吸，呼吸臥房的空氣……

9

他提議：把所有過時電腦螢光幕內部騰空了賣給人來養黃金鼠。大家公認荒謬，她卻想起小時家裡的落地電視，那電視壞了以後她和弟弟跑到裡面，興奮上演自己的節目。裝東西的大紙盒也是最好的玩具，她在裡面爬進爬出，然後搬了玩具進去，窩在角角，是眞正屬於她的空間：她自己布置的，而且大小正好。多年後兒子同樣爲大紙箱瘋迷，好像裡面是個神奇王國。兒子也喜歡拿墊腳的硬紙板直角在地上擺開了做搭建工程，搭摩天大樓，搭印第安村落，搭城，勝過樂高積木。後來她打掃房間清出那些直角來，兒子不准丟只好再堆回牆角去。其實，她也有點捨不得丟。

10

她說，我要一棟裡面比外面大的房子。

不可能，不論用什麼材料，不論建築師是不是來自義大利最古老的學府，還是運用電腦來輔助設計，都沒法超越物理定律的極限。

可是雜誌上有一則公事包廣告，說「比外表大的內部空間」，說「容納你所有的欲望和想像」。

在對方能以「那是廣告」反駁以前她緊接說，我買了那牌子的公事包，眞的是裡面比外面大。說完她心裡浮現電影《保姆包萍》裡，包萍一件又一件從旅行包裡取出各種大小物件的情景。一定可能，如果她有時能把不可思議的數量擠進旅行箱，如果微中子可以穿越厚壁有如無物，那麼一定有裡面比外面大的可能。既然一粒米上可以刻〈赤壁賦〉，既然孫悟空跳不出如來佛掌心，既然駱駝可以穿過針眼，既然可以用反物質爲燃料以到達光速的極限，既然我們可以想像無限，爲什麼空間不能膨脹？如果用一種可以生長伸縮的材料，如果通過摺疊空間的原理來設計，如果在設計的過程中加入想像的質素，如果能打開意識和潛意識中間的障礙，如果所有的不可能都只是畫地自限……她想，有什麼理由房子裡面不能比外面大？

有句詩吟唱：「與河水一起援引大地……」余光中寫：「整個世界爲一輛小纜車迴過臉來。」

如何分析那區區幾字裡面的空間？如何描述其中的豪壯和深情？啊，短詩微吟不能長，言有盡而意無窮。她想到在故宮博物院看到的九轉象牙球，想到蜂窩多重排列的六角空間，想到層層疊疊的肥皂泡，想到巷弄曲折如迷宮的古老城鎮，想到無所不包的圖書館，想到一個有限而卻彷彿無限的內在空間，想到在醒睡邊界，在下沉與漂浮之間……

怎麼給顏色命名

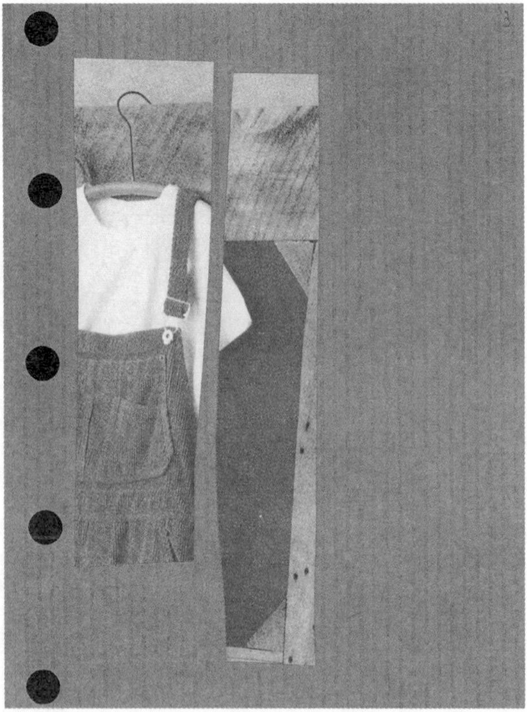

在窗前看黃昏天色，看顏色一點一點轉換。

文字沒法表達顏色，尤其雲影天光瞬間的變化。綠有千百種綠，紅有千百種紅。每人對顏色所見也不同，一種藍另一個人叫綠，一種紫另一個人叫藍，橘紅橘黃可能說的是同一顏色，像靛紫和靛藍。文字的無能碰到顏色簡直成啞，顏色只能以顏色來表達。因爲難，我一直以爲給顏色取名是件好玩的事。

最容易的方法是以物來命名，譬如天藍、土黃、草綠、桃紅、雪白。一物有一物的顏色，最直接、最準。若以比喻來形容，很可能十萬八千里，只有各人肚裡知道了。

切開一條綠蘿蔔，裡面半透明淡墨綠，帶放射狀的紋理，像玉，我只能放下刀呆看。新摘的幼茄切開，皮深紫而肉淡綠，也好看。說茄紫，十分明白，雖然茄色有深淺。但是如果我說茄肉綠，大概沒人清楚。那綠近似鱷梨肉的顏色，比奇異果肉的綠淡。綠與紫是參差對照，植物多見，有種冷艷神祕之美。《金瓶梅》裡西門慶說「紅配紫，一泡屎」，紅與紫也是參差對照，比較濃麗浮華。《紅樓夢》裡談配色，是松花配桃紅，蔥綠配柳黃。

春綠，如說春山綠，是極軟嫩的顏色，帶了很多黃的成分。形容草色油綠或綠油油，很是生動。黛是古代婦女畫眉用的青黑色，黛綠應是深綠色。黛綠年華對照慘綠少年。慘綠，如慘白、慘黃，只能意會。少年應是春綠，卻說慘綠，形容年輕強作的痛苦。明綠不知到底是哪個綠。綠豆去殼裡面卻是嫩生的黃，做成的豆沙又香顏色又引人。豆綠色英文指豌豆的綠，美國家常菜裡的豌豆湯是一碗濃稠帶灰的綠湯。法國人常將食物打成漿做湯，像西洋菜湯，碧綠糊糊一片。東西不熟我們說青澀，如英文說綠（green）。

讀到鴨屎綠輒想笑，因爲違背了詩詞的雅，帶著促狹的趣味。然而鴨屎綠便是鴨屎綠，不是鴨頭綠，不是水綠、銅綠、石綠、軍綠，不是橄欖綠、蘋果綠。又苔綠和霉綠不一樣，柳綠也不是蔥綠，翡翠綠和貓眼綠各是各的綠。說人臉都綠了，只是比喻，如說人面色鐵青，或臉色發黑。然而我從來不知鐵青到底是什麼青，對藏青也只是大約而已。瘀青是大家都知道的顏色。《紅樓夢》裡還有石青，想是石板的青，像鄭愁予「青石的街道向晚」的那個青。我到美國見了陰影裡的雪，才知道雪青。細看院子裡的松樹，才認識松青。形容瓷器的顏色是雨過天青，便看見灰雲裡破出一塊薄薄的藍天。「碧血青天夜夜心」，七個字裡卻有三個顏色，眞是艷。說碧血卻是爲什麼？

紅色馬上就有血紅和火紅。《紅樓夢》裡有大紅、水紅和銀紅，水紅我猜是粉紅，那銀紅呢？是蠟燭的顏色嗎？我喜歡磚紅、鏽紅和土紅。鮭魚紅是一種特別的橙紅，水蜜桃是嬰兒臉頰的粉紅到粉橙。火鶴粉紅，而火狐橘紅。豆沙紅是微微帶紫的紅，辣椒紅是烈日下焚燒的大紅。玫瑰紅是最深情耐看的紅，難怪紅玫瑰給情人。形容人喝酒臉變成豬肝色，是絳紅。女人是朱顏、紅顏，相對有白面書生。化妝品需要許多紅色名，光唇膏就上百種紅，有的叫蜜薑、李子白蘭地、完美神祕。如果我來取，會叫夏日玫瑰、夜色松香、熱吻。赭是紅色，查字典發現附近一堆形容紅色的罕字：赩、赬、赯，都帶了「赤」的部首。心是丹心，美術是丹青。熱誠是赤誠、赤忱。說赤子，是說剛生下來的嬰兒紅通通的。用赤貧形容貧窮，有種水深火熱的生動。赤在這裡是空無所有的意思，所以又說赤條條。

在小說裡讀到有用瘀血來形容顏色，那顏色好像帶了傷。有如形容人臉色屍白，給人駭然的聯想。死灰、死白稍好一些。又說紙白、蠟白，是一張無神的臉。蛋殼白便多了薄脆的印象。電影《郵差》裡聶魯達說郵差「臉白得像麵粉袋」，剛好切中我的童年記憶，特別有窮苦現實的趣味。以前常見用魚肚白來形容天色，用凝脂來形容女人膚色雪白。牙齒是瓷白，牛奶是乳白，鋼琴鍵是象牙白，白骨是森白。白眼形容生氣，青眼表示看重。赤口白牙說童言無忌，青天白日說一無遮掩。熱到極點是白熱，極冷臉成凍青或凍黑。

吃熱狗配芥末，我喜歡那芥末黃。日本配生魚片的芥末卻是淺綠色。菊黃是純正的黃。土黃、薑黃也是我喜歡的色。在週末農市看到賣一罐罐的蜂蜜，光裡那蜜色金澄澄，極美。杏黃、鵝黃也漂亮，蠟黃便比較沒精神。檸檬黃幾乎帶綠，比柳黃更黃。有一種香料 saffron 採自番紅花（crocus）蕊，煮出米來像雛菊的黃。印度人常用的香料鬱金（turmeric）是非常漂亮的深黃，鬱金之名不能再好。咖哩由至少十種香料配成，它的黃便來自鬱金。《易經》「天地玄黃，宇宙洪荒」，玄是黑色，玄黃黑天黃地，指天地。舊通俗小說裡有玄衣皀靴，皀也是黑色。常見形容暗不可見爲漆黑、烏鴉鴉，或說人眼珠黑是目如點漆。

形容黑色的詞不多，焦黑、墨黑、炭黑，似乎再想不出來了。英文裡說烏玉黑（jet black），或黑如瀝青。在一本教人油漆的書裡，發現一個似乎不可能的顏色

ivory black，象牙黑，想了半天。東方人頭髮說起來好像就是一色黑，其實是許多深淺純度不同的黑。我在美國染髮藥水盒上發現有藍黑，以後細看有的黑髮確實發藍，有的棕黑，而有的眞是油亮如馬鬃的烏黑。西方人眼珠、頭髮各有顏色，描寫起來多采多姿。頭髮由銀色、金色、麥色、栗色到紅色、黑色，多少種顏色。眼珠也是，灰色、藍色、綠色、棕色和中間數不清的過渡色。紅髮綠眼令人目眩神迷，金髮藍眼則是白人美麗的典型。

有的顏色以地命名。有一種帶紫的藍叫法國藍。有一種微微帶橙的黃叫西亞那（Sienna），是義大利地名。有一種 Veronese 綠，也是義大利地名。china又是瓷器的意思，英文裡有用 china white（瓷白）來形容白色。印象裡好像讀到有用中國紅來形容正紅。有一種紫紅叫勃艮地（Burgundy），是法國葡萄酒產地，地名做酒名。地中海的藍只能叫地中海藍，余光中的詩說「天空很希臘」，應是地中海一帶特有的藍。有一種藍綠英文叫 turquoise，是一種印第安人常用來做珠寶的礦石，中文譯做土耳其石，所以就叫土耳其石綠。國畫顏料裡有個石綠就是這石綠嗎？應該不是，我記得國畫裡的石綠偏黃，土耳其石綠偏藍。梵谷用了大量金黃、向日葵黃、麥田黃，應該可以借用梵谷黃，專門來形容那一系列的黃。

再怎麼巧名，最後，顏色只能任顏色自己去說。讓意識越過文字，面對那千紅萬綠去驚躍，去沉思。顏色是眼睛的事。然而以文字的無能而偏要捕捉顏色，即便不過是一點提示和記憶，除了必要，只能說是愚人偏執的趣味。我以爲顏色的名字是最短的詩，也是最讓人起童心卻又最洩氣的遊戲。

想到一個有限而卻彷彿無限的內在空間，

想到在醒睡邊界，在下沉與漂流之間……

時空迷走

一百三十億年前宇宙由黑暗中迸現，四十五億年前地球形成，三十五億年前單細胞生物出現，兩億八百萬年前恐龍行走地表，兩百萬年前人類登上舞台，西元前五千年前人類文明始於兩河流域，埃及、印度、中國各形成燦爛文明，希臘，羅馬，黑暗時代，佛教，基督教，回教興起，回教徒西征，十字軍東征，航海探險，殖民，革命，國家……

時空像無限零件的五金行，我在其中迷走，在大量名詞和數目間失落。

偶爾塡表格，會一時想不起家裡電話號碼、小箏生年，或弄不清自己到底幾歲。腦內中空，好似在一色白的房中，驚惶尋找上下左右，尋找時空的依據。忽然一個數字飄浮而過，我一把攫住。一九〇〇？應該是。二〇〇〇減一〇，到十二月小箏便十歲了。那時若無今年以爲定點，沒有算術爲推求的工具，我必無法在漫空數目裡抓取那唯一的答案。今夕何夕？如果沒有手錶、報紙、月曆輔助，我怎麼在大氣中爲時間定位？我不會閱讀日月星辰，也不識草木蟲魚。

我與數字不親，凡與數字有關的事一概記不準。我從記不得東西的價錢，事情在哪年發生。問我台灣人口多少，我可以告訴你我有幾個兄弟姊妹。問我什麼時候大學畢業，我得喃喃從生日起算。我曾告訴人我家房子是以美金一萬買來，而我的年紀是四點鐘。有幾年我清楚記得自己的結婚日期，不知什麼時候腦袋嫌煩自行擺脫了。英文裡的 million 我總誤以爲是億，見到 billion 則像看見一尾吐了一串氣泡的魚。世界人口突破六十億時我喃喃誦唸，一心要鎖住這一串九個零，過不久就糊塗了，不是掉了個零就是多了。剛看一本喜馬拉雅山攝影集，很有把握告訴B全世界有十六座高於兩萬三千呎的山，其中六座在尼泊爾。結果馬上錯了，不是十六座，而是十四座，不是兩萬三千呎，而是兩萬六千呎。

數字如草稈漂流記憶水面，終於腐爛消失。我腦中零星只有幾個用以固定我個人時空座標系的數目：我的生日、電話號碼、社會福利證號碼、中華民族歷史四千年（或六千年）、一四九二年哥倫布發現新大陸、一九一一年中華民國成立、一九四九年國民政府撤退至台灣、一九一四～一八年第一次世界大戰、一九三七～四五年第二次世界大戰、一九六八年布拉格之春、一九八〇年我到美國、一九九〇年友箏出生、一九九五年母親去世。也許搜尋一下可以再擠壓出幾個年代，譬如回教創於六世紀，歐洲文藝復興始於十四世紀，十七世紀進入啓蒙時期，十八世紀工業革命始於英國曼徹斯特。無論如何極爲有限。若以時間概念來決定一個人所知，我可怕的無知。

「一八四八年是個充滿恐怖之年。」黑布諾爾在他的經濟思想簡史上說。

一八四八年有什麼特別？我毫無所知。同樣，一九一七年和一九六三年有什麼重要？我說不出來。我知道柴可夫斯基有首交響樂《1812年序曲》，講拿破崙侵略俄國的事，而歐威爾的反烏托邦小說以他當時的未來年代爲名《1984》。

多年讀書，累積了點雞零狗碎。這些雜碎「知識」懸空飄浮，以模糊的關係相互指涉而不具體定義。曾有兩河流域亞述人蘇美人腓尼基人，曾有夏商周秦漢唐明清，曾有埃及印度希臘羅馬，黃帝統一中原，亞歷山大帝國遠至印度，蒙古大軍橫掃歐洲，史稱「黃禍」，回教征服基督教建立龐大帝國……。曾經某事發生了，如此而已，無根無葉漂浮在時間汪洋中。西元至少像直線，中國歷史以君王斷代，各代似自成系統。每要以中國年代對應西元，我便漆黑一團。讀到「漢帝國滅亡正好對應羅馬帝國滅亡，兩者都源自蠻族入侵，促成新宗教（前者是外來的佛教，後者是內在的基督教）普及。」眼睛一亮，好像才悟到時間公正支配大陸與島嶼、海洋與湖泊、草莽與文明、信仰與異端、創造與毀滅。時間不是一線，而是無數平行線。

魏龍豪和吳兆南有齣絕妙相聲《關公戰秦瓊》，裡面有句：「我本唐朝一名將，不知何故打漢朝。」那種無可救藥的時代混淆正是鄙人在下我的最好寫照。譬如我知道一些歷史人名，而對他們所生存的時代十分茫然。問我歌德和達文西誰先誰後，我瞠目無言。如果唐朝的秦瓊能打漢朝的關公，我混沌的個人歷史時空裡福樓拜未嘗不能到巴黎和普魯斯特午餐，牛頓也可以和愛因斯坦隔桌討論宇宙定律，而李白未始不可與嵇康對酒高歌長干行和廣陵散。我的歷史時空裡古今一家，那些可愛可敬或可怕的人物可以一步而跨世紀，並肩作戰或把酒言歡。

不久前讀到維吉尼亞．吳爾芙因讀普魯斯特的《追憶似水年華》而大爲洩氣，腦袋忽然清楚了些：至少我知道他們倆誰先誰後。至於春秋戰國對應西元什麼時候，我只能兩手一攤，趕緊去翻書。

前不久帶友箏去紐約自然博物館新開張的玫瑰天文館，看立體天文電影的人都拿到一張宇宙護照，寫明地球的宇宙地址：地球、太陽系、銀河系、Virgo 超級星雲、宇宙。以之來寫我現在的宇宙地址則是：紐澤西、美國、北美洲、地球、太陽系、銀河系、Virgo 超級星雲、宇宙。由小而大，由近而遠，一切循序漸進一清二楚。那之後幾天我心裡一直攜帶那宇宙地址——我知道人在宇宙的空間位置。

而我簡直羞於承認：我方向感極差，對空間和對時間一樣無知。心不在焉時（這種時刻不少）出門自動就右轉，開車在熟悉的路上有時會忽然陌生不辨所在。紐約市的大道南北向，街則是東西橫走，應該迷不了路，我卻曾站在街口不知左轉還是右轉。我知道亞洲東臨太平洋，台灣在中國大陸東南方，跨海是美洲，由美東越大西洋則是歐洲和非洲。讓我畫世界全圖，除了這便一無把握。我知道歐亞大陸一體，但中亞、中東、歐洲便模糊一片。蘇伊士運河和巴拿馬運河各在何處？連接什麼水域？我眼睛轉了又轉，仍是說不出所以然來。

像友箏，我總在問：地圖呢？年表呢？在時空座標系上，我們在哪裡？

初中開始喜歡地理課，喜歡畫地圖，尤其是地形圖。地理作業簿上半頁空白，專門畫地圖用。地理老師指定要畫地圖時，和國文課要寫作文一樣，我總是很高興。回到家端坐書桌前，色筆排開，先用削尖的鉛筆小心畫上經緯線，分區把地圖安放在適當的格子裡，然後上色，深深淺淺的棕色、綠色、橘色、藍色，繪出平原、山脈、河流和海洋，再一點一點放上城鎮，不惜時間。中國海棠葉西南方的高山縱谷，北歐細碎曲折的海岸線，狀如頭骨的非洲。圖成左看右看，一個秩序而美麗的世界，說不出的喜歡。等我日後讀到中古歐洲和回教世界的地圖藝術，很能理解爲什麼古代地圖師把地圖畫得那麼精緻。地圖首先是想像，然後才是科學。地圖告訴你遙遠的世界，神奇的故事。地圖帶你離開，讓你看見。

我極於建構一幅時空地圖，將歷史納入地理、時間嵌入空間。有天到書店買了本世界地圖集（挑看來最清楚顏色配得最漂亮的），回家打開好好研究。眞好，經緯界定的空間裡，大陸海洋島嶼國家山川城鎮，一目了然。（很久很久以前，這所有陸塊連成一片，叫潘吉亞。）右東左西上北下南，（歐洲中古地圖東在上方，而古回教世界的地圖南方在上），在這裡我不會迷路。我打開到世界全圖那頁，上下四方旅行，越過喜馬拉雅山，經過尼泊爾、印度、伊朗、土耳其到地中海、歐洲、非洲，眞喜歡那些陌生的地名（卡法、謝克罕、塔克拉馬干……）。問題是闔上書，不管是歷史書還是地理書、科學書，那秩序分明便也隨之消失，我的個人宇宙仍是鍋東西南北古今中外一爐共治的粥。於是我在口袋記事本裡畫了張簡單的世界地圖，並做了東西對照年表，帶在皮包裡隨時可以參閱。

不久前在書店裡發現一種專供旅遊記錄的記事本，附了精美的各洲和大城地圖，幾乎便買了下來。事實上，現在我仍念念不忘。那記事本對我應十分有用，我喃喃遊說自己。

一地惱人的黃葉

1

早上應該在書房工作，卻意外地跑到前院打掃落葉。下了幾天雨，積得厚實的黃葉被水一浸黏在一起，難掃得很，累得手腳疲軟。不禁想起冬天鏟雪，一片純白，滿天鐵灰的雲，風從大開的街尾削過來，一人一鏟，凍裹在層層的衣服下，舉目無人，只有對面鄰居廊下風鈴叮叮響。一邊掃一邊幻想自己無畏風雪的大義凜然，很有詩意。等力氣開始不濟便認清這種人與天爭的無效和荒誕，又努力在這荒誕中尋找意義。詩變成了哲學，外加一肚子抱怨。

掃落葉不比鏟雪，至少不會冷得受不了，毛衣外加了夾克就夠了，不需要帽子手套圍巾長靴的全武行。今天有陽光，有風，颳起來時滿地落葉嘩啦啦跑，是個美麗略帶清冷的日子。街上沒人，偶爾車子經過，只有我拿著大鐵耙耙葉子。家門口兩棵老樹，左邊楓樹，右邊樺樹，枝葉都很繁盛。人家的樹變色了，我們的樹仍然滿枝綠葉，不為所動。人家的葉子要掉光了，我們的樹才從容黃起來，然後在一個多風的日子，黃葉滿天飛舞而下，鋪成一地金黃。我一向喜歡這兩棵樹。楓樹枝條低垂，葉子既多又密，是遮陰最好的地方。夏天我在樹底擺一張籐椅，立即就閒雅起來。樺樹比較高瘦，主幹上有黑色的圖紋，看起來像一張張雕刻的人臉。因為這兩棵樹，也因為疏於修整的草地，我覺得我們的院子最有格調，在野與馴、放任與文雅之間，獨樹一幟。這時用力耙梳，只覺不大的院子太大，而會掉葉子的樹太要不得。像對面鄰居院子裡兩株松樹，草地上乾乾淨淨，一片葉子都沒有，要有也是人家院子吹過來的。而抬頭，我們兩棵漂亮的樹上還不知好歹的掛了許多葉子。也就是，還有更多的葉子要掃。

很明顯，我並不喜歡掃葉鏟雪這種事。偶爾為之好玩，不得不為時就覺得煩，浪費時間。這時一向遺憾不能住城裡的舊傷又會發作，對住郊區的不滿放大成厭煩。這樣的情緒循環，幾乎已經像季節一樣可靠。因為骨子裡，我實在是個城市人。

2

我是個鄉下來的城市人。在鄉下出生，住了十幾年，搬家到城市長大。

我的鄉下是金山，離海不遠的小村子。我們住的金包里街一端是小學，一端是警察局，再遠便是未知。街上有雜貨店、糕餅鋪、木材行、五金行、首飾行、理髮店，不記得有飯館、文具店或其他的店。街背後是個小坡，坡上另有住家。往上再走是墳場，墳場邊有一座中學，穿過墳場一直走便到海邊。偶爾父母帶我們走過沙質的墳地到海邊去，白亮的陽光下一座座土墳錯落兩邊，墳上長著野草野花。我們往前走，並不覺得害怕。小學對面是一片水田，田邊住著農家。我有鄉村童年的典型記憶：捉蜻蜓、蝴蝶、蚱蜢、金龜子、螢火蟲、蟬，在田裡釣魚，捉三斑（一種帶有彩色直紋的平扁小魚），看歌仔戲、布袋戲，在街上玩官兵捉強盜，玩紙牌，玩彈珠，有聲有色。搬到永和就不一樣了。

二十多年前的永和只是個質樸小鎮，但在我童年眼裡已經是大城。永和路是大街，街上許多商店。我喜歡巷口的文具行，放學了有時便進去看擺在架上的書，和信紙、筆記簿、原子筆、蠟筆等各式文具用品。中正橋頭另有兩家比較大的文具店，我也常遠征到那裡去。記得在那裡買了《泰戈爾詩集》、《辛普森夫人回憶錄》、《文藝復興時代》、尼采的《蘇魯支語錄》（後來翻成《查拉圖斯特拉如是說》）、徐志摩的《愛眉小札》、《羅蘭小語》，寶貝異常。那些書非常奇特，完全不像現實生活裡的東西。書裡談論陌生的思想和感情，難懂而誘人。我立刻愛上所有我不懂的書，好像在那些書裡有什麼比空氣和水更重要的東西，好像通過那些奇異深奧的書我成爲比較優越的人，甚至，才成爲眞正的「人」。初中起我開始自己過中正橋上台北買書，重慶南路上的書店，西門町的「中國書城」，逛了不知多少遍。我讀詩詞、章回小說，也讀當代作家的新詩、小說、散文，更大量閱讀新潮文庫的翻譯書。那時生吞活剝，不管懂不懂（當然大都不懂），那種躍出現實到一個遙遠抽象的領域的喜悅卻無論如何極端強烈。文字創造了距離，距離創造了想像和美感，給予反省和思考的空間。而不論在什麼時候，爲了什麼理由，我總是在追求距離和空間。那種讀書的喜悅到現在可說有增無減，沒有比讀書更鼓舞我的士氣，比逛書店更讓我充滿生機和樂觀。可以說，城市對我最重要的意義，是上街可以買書。

我不記得剛搬到永和時懷不懷念金山，但是記得立刻便喜歡上了，至少對那氣象感到一種新奇的崇敬。我喜歡熱鬧的大街，街旁一條條住家整齊的巷子。灰黑色的屋瓦，朱紅色的大門，水泥圍牆，牆裡面別有洞天。巷子連來連去，一片無形的網絡，一個往外層層擴大的世界。白天大街上車輛不絕，晚上樂華戲院旁的夜市更是熙攘熱鬧。從家走到堤防要二十分鐘，似乎已經很遠。過橋到台北，那更完全是另一個世界。等上高中以後，台北便是我的天下。逛書店，買書，讀書，零亂蕪雜，而永不滿足。同時看電影，看畫展，和朋友逛街，坐西餐廳。我的興趣集中在人文，活動局限在城市，極少越過建築和街道去想像山水自然。除了一些都市常見的花草樹木，我眞的是不辨五穀，不識草木鳥獸之名。我對自然毫無概念，有也是書中得來的印象。我已經十足是個城市人，習慣城市的人群、車輛、霓虹燈，童年的天空和水田離得很遠很遠了，只是我還不知道。等我在美國長住以後，城市人的眞相才逐漸從規律單調的小鎭生活中顯露出來。我想念城市的熱鬧繁華，嚮往出門便是店，伸手可及便是令人眼花撩亂的種種選擇。我幾乎羞於承認——城市是這樣貪婪髒亂虛榮罪惡的象徵，怎麼有人受得了，更不要說喜歡？而我必須說，至少從目前的安全距離以外，城市是文明的象徵，而文明是我的自然生存環境。因爲寫作，我生存於語言文字之中，於一個完全人爲的宇宙裡，而不是現實的風雨陽光花草樹木。我不飲食呼吸排泄，最主要，我觀察反省，把現象變成文字，將直接化爲間接、客觀化爲主觀。給我最大快樂的活動是越過現實，不斷地創造，再創造。也就是，我是一個符號的生物，而城市不是別的，正是龐大複雜的符號構成。

3

城市和鄉野，文明和自然。有的人非城市不住，像美國導演伍迪艾倫之於紐約。有的人卻偏愛鄉下，像美國詩人唐諾・霍（Donald Hall）。讀到義大利作家伊塔羅・卡爾維諾的散文〈到三濟馬尼的路〉，寫他父親一生的熱愛是土地、耕種和收成。伊塔羅自己則毫無興趣，只等長大下山到城裡去闖天下。另一個義大利作家普里莫・列維（Primo Levi）的父親恰恰相反，憎恨自然，討厭鄉下，如果迫不得已出遊，必然帶書，到了就找地方坐下來讀。這和我父親相像，他是個不折不扣的城裡人，寧可閒坐家裡無聊，也懶得出門去遊山玩水。我母親卻喜歡山水，本性是個素樸的鄉下人，退休以後經常爬山，玩了很多地方。

正像我說需要符號和文明才能生活，有人卻充滿不屑。西方文化裡拒斥文明最有名的兩個人，應是寫《民約論》和《愛彌兒》的法國思想家盧梭，和寫《湖濱散記》的美國作家梭羅。

盧梭認為社會扭曲了人性，是人類罪惡的根源，主張回歸自然。梭羅在〈談散步〉裡寫：「我想我沒法維持身心健康，除非每天至少四小時漫步山丘林野，完全免於世俗的牽掛。」他便是那種熱愛鄉野自然，視城市爲寇讎的人。這裡城市對照鄉野，象徵社會對照自然。然而他對鄉野的熱愛並不像農夫愛惜田地那樣單純，而是哲學的，也就是對社會和人文的反動。他認爲眞正的生命在荒野，所有好的東西都是頑野自由的。臣服於人、役使於人的，已經失去了原始的力量和生機。一個汲汲於追求生命，而不好逸惡勞的人，在面對荒野自然時總會發現新的挑戰，從而得到更新的力量。對人研究自然駕馭自然的做法，他抱著懷疑和鄙夷的態度。一方面，他以爲人不斷尋找法則以便遵循的習慣帶著奴性。另一方面，他以爲最終人所能得到的不是知識，而是對智力的同情。因此他不覺得文明教給了他什麼有價值的東西，他所尊重珍惜的東西在人以外，在活生生、粗糙蠻野的自然。什麼文學作品給予自然眞正的表達？什麼詩歌表現出山風海雨的暴猛逼人？他理直氣壯地問。當然，我們知道他的答案。

另一個極端是美國學者卡密爾・佩立雅（Camille Paglia）的說法。在她一鳴驚人的著作《性人》（Sexual Persona）中，佩立雅斬釘截鐵宣稱：「社會是人爲的建制，是人類對自然力的防禦。沒有社會，我們便會被拋擲在自然的風暴大海上。社會是一個繼承形式而來的系統，減低我們受制於自然的卑屈。」在她眼裡，自然的眞相並非仁慈善良，而是狂暴無情。自然的法則是殘殺競爭，生命的本能是恐懼和奔逃。生命來自毀滅和死亡，每一代踐踏前代的屍骨前進。梭羅頌讚自然無比強大的威力和生機，佩立雅則看破那生機背後的殘酷本質。所謂「優勝劣敗，適者生存」，自然無所謂道德，它偏愛強者，對萬物不管強弱大小一視同仁掃蕩。是文化提倡仁愛道德，教導我們扶助弱小。是文化讓我們溫柔敦厚，追求和平鄙視暴力。因爲文化，我們才能從自然原始粗暴的泥濘中站起，學習仁義禮讓，成爲知識教化的文明人。沒有文化，沒有社會，則人墮回自然的黑暗殘暴裡，輾轉於絕望和恐懼。

4

我常想，在梭羅和佩立雅兩個極端之間，人和自然眞正的關係是什麼？當我坐在這裡讀書喝茶，是怎樣的存在？而在風中清掃落葉或鏟雪，又是怎樣的存在？既然存在於自然之中，人怎能不是自然的一部分（不然是什麼？），不管是讀書喝茶，還是在風雨汪洋中搏鬥？然而正因爲存在於自然之中，人只有起而抗爭，才能重新定義自己，確認自己。從這個觀點來說，人是非自然，而城市是非自然的極致。

走在城裡，觸目都是人的創造。我們不單是走過街道，看見高樓和平房、財富和貧窮、秩序和混亂、美麗和醜惡、聰明和愚昧，而是走在文化架構裡、價值體系裡，每一件東西都有其正面或負面的意義，甚至意義的欠缺或失落。幾乎沒有一件東西是無心、盲目的，即使混亂也是人爲的，縱使不是計畫的。在這裡處處看到人，不看到也不行。人在這裡極度放大，大到讓人看不見自然。高樓一棟棟卓然站起，這是水泥叢林。奔馳而過的不是飛鳥走獸，而是滿街車輛。氣候只關係方便，不再關係生死。你在這裡看到人的喜怒愛欲，看到他們的複雜和掙扎。你看到生命的奮爭起伏，看到輝煌和醜惡。而眞正，你看到人對過去的評價和對未來的前瞻。城市，是人類文明的窗口。

我走在大城裡精神就來了，聲光形色刺激得整個人輕靈活轉，腳步幾乎要騰空。每一個景象引發新的想像，再和已知的經驗知識結合，造成更新的想像，或做全新的歸納組合。好像所有的因素匯集、爆發，激流壯大。好像沒有事不可能，好像我是全能的。因爲放眼都是想像，都是創造，都是可能。也就是，無限。這裡人說我要這樣，便做到了。這裡人從自然中站起來，說：「我是我。」這裡人的聲音自信宏亮，響徹天地。

相對，在自然的全能無限之前，人除了卑微臣服、頌讚、畏懼、崇拜之外，還能做什麼呢？當我在洛磯山裡不期然被山水震動，竟有手足無措之感，覺得自己似乎太小，小到不足以接受，遑論了解眼前的規模。我恍惚木然，清楚意識到我是我山水是山水，沒有融入景物，成爲自然的一部分，而是既在其中又在其外，不知道拿自己怎麼辦。這裡自然直接呈現在我面前，不通過科技的肢解，不經由文化的萃取，它向我顯現它的意義，或無意義。我必須深入自己，從而由自然之中析取屬於我的意義。這和走過城市的經驗迥然不同。當你獨對自然，你看見的是事物的本然，而不是符號。它爲自己而存在，不附屬於任何功能，不受制於人。而如前面所說，城市是符號。你由城市所吸收的經驗儘管對你而言是第一次，已經是二手貨，處理過的，間接的，也就是，上了人的標籤。要等到走出城市，面對自然，才經驗到另一種震撼，原始、粗猛、奔放、龐肆、無名，才知道人情科技以外的撞擊是完全另一回事。而這種撞擊引發兩種極端的反應：一個是匍匐，是模仿、描述、頌讚的意念；一個則是征服，也就是了解、挑戰乃至駕馭的欲望。所以自然是藝術和科學、哲學和宗教的起源。是人最大的敵人，也是最終的慰藉。是人極欲叛離，而又永遠回歸的地方。人的定義從自然出發，而不止於自然。沒有自然，人便不成爲人，文明便失去意義。

5

十幾年前我從飛機上第一次俯瞰美國大陸，首先驚奇的是大，極目無盡，好像整個世界除了陸地還是陸地。其次是綠，綿延不絕，讓人以為腳下盡是森林。然後到了安那堡，看見確實有許多樹，我在城裡從沒有見過的那麼多樹。然後我才知道，美國並不像我天真想像的，是一個現代到完全由城市組成的國家。等住了十幾年以後，親身體驗，才終於弄明白所謂大都會、市郊和鄉下的眞正意義。

像許多典型逐薪水而居的現代人，過去這十五年來，我們遷就工作一再搬家，從一個小城（或可稱為小鎮）換到另一個小城。這裡我所謂的小城，是介於城市和鄉村之間的郊區。有一個名字可以稱謂，也許有一條主要商業街道，但基本上沒有商業行政文化集合的市中心。除了名字，只是一些馬路連接起一塊塊的住宅區，並沒有什麼主軸把人群和地理結合成一個可以辨認的整體。小城沒有大城的吵鬧擁擠，也沒有鄉下的空闊寂寥，大家不遠不近聚居在一起，結婚生子，上班下班，住在有草地的房子裡，門前停著自己的車子，生活單純平靜，規律舒適。這是美國中產階級的典型，而一絲不苟的草坪則是中產階級最普遍的象徵。美國有名的畫家喬治亞・歐姬芙有一幅畫，綠得發假的草坪中間站著一棟無懈可擊的白房子，整張畫平靜如死，簡直就畫的是美國中產階級那種了無生機的味道。

說郊區生活了無生機也許誇大了。既在城市長大，我喜歡生活的一切必需品都在附近，如果說不是就在門口。譬如，有很多書店、畫廊、電影院、美術館、圖書館等種種文化場所，還有，咖啡館和餐館。住在郊區，這些地方不但少，而且遠。出門便得開車，動不動就跑上個十哩二十哩路。對我這習慣巷口便是書店唱片行，想到就可以去逛逛的人來說，真是很大的不便。至於看畫展、舞台劇或聽音樂會就免談（安那堡是個大學城，不一樣），充其量看看電影。郊區的文化活動太少，大家空閒時無事可做，不是在家種花割草，就是去逛商場（shopping mall）買東西。更可怕的是「草坪文化」，大家比賽修剪草坪，變成一種無形壓迫。不割不獨影響鄰里觀瞻，而且有損價值。因此住在郊區，很難避免成爲草坪的奴才，除非花錢雇人做。所以獨門獨院雖然好，但是草要剪，花木要澆水施肥照料，許多事不勝其煩。對我這種有時間就要拿來看書畫畫的人來說，便成了很大負擔。

一位後來移居法國的美國朋友說：「我再也不要住郊區了，那種劃一單調無處可去的生活實在難以忍受！」這些年我們東奔西走搬家途中，曾經路過中西大平原上的一些小村鎮，眞的是簡單到讓人覺得除了天地之外一無所有。我終於明白一般美國年輕人長大離家的意義。

6

城市人與否，我仍不斷在想人與自然的問題。

我不是梭羅那種必須每天出門去和自然溝通的人，也不認同他對自然無比的褒讚。佩立雅的說法誠然是另一種極端，我以爲比較接近眞實。出於自然而創造自己，人與自然對峙相望，不亢不卑，不即不離。人從自然的狂暴擷取生機，由自然的繁複美麗導出文明。如果人放縱無爲如自然，只能像小孩一樣粗鄙野蠻——我從不錯把小孩的天眞當作純潔、愚昧當作善良。因此儘管山水氣象可以給我巨大感動，我始終自覺我的存在，和這存在所喚起的生命活動的欲望。笛卡爾說「我思故我在」，而威廉詹姆斯說「我在故我思」。不管思與在之間的因果關係怎樣，我們活著，而且時刻需要證明自己活著。所以幾乎可笑的，在山水的感動之後我總不期然問：現在做什麼呢？自然已經完成，而人呢？總不能老跟在自然之後歌功頌德吧？就像我在野外看不下書，覺得面對天地而猶孜孜章句簡直倒錯，然而有時但願手中有書，以便從自然的冥頑中逃脫，重新確認自己。余秋雨在《文化苦旅》序中寫：「我特別想去的地方，總是古代文化和文人留下較深腳印的所在，說明我心底的山水並不完全是自然山水而是一種『人文山水』。」正說明即使在自然之中，人〈尤其是讀書人〉難免要通過歷史文化來釋義，來爲自己定位。所以後來他乾脆在散文〈脆弱的都城〉裡大聲宣布：「我是一個世俗的人，我熱愛城市。」

這些年來，我常在想像一個理想居住的地方。因爲雖然自認是個城市人，卻不否認城市有它的可厭。而且說穿了，我喜歡山水，喜歡空曠的地方。我想要住到山邊、海邊，住到人煙稀少的地方。同時我記得紐約的活力，波士頓的典雅，巴黎的浪漫，多倫多的明亮，和芝加哥、舊金山、明尼亞波利、東京，甚至台北。

我喜歡城市，又憧憬自然，在一個掃落葉的日子，莫名其妙覺得必須有個答案。

卷三

INDIAN TRADING POST

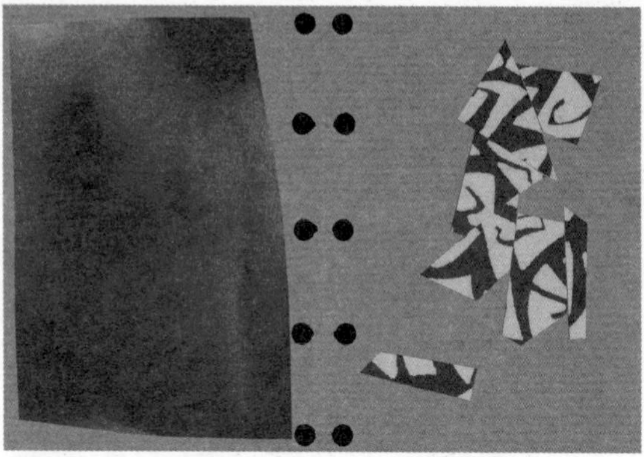

白牆的罪

一個人在屋裡走來走去，從一堵牆撞到另一堵牆。白色，白色，還是白色。坐下讀書，抬頭看見牆壁，空洞洞一片眼白。一間屋裡需要多少白牆？這是現代建築的白色專制，乾淨、無菌、荒涼、死寂。眼睛呼喊：「顏色！顏色！」渴求顏色喧囂過這一片冷漠僵固的空間，如寂靜的灰色海灘召喚水鳥的足跡。

整日在白牆之間活動，眼睛成爲白色的囚犯，如身體成爲牆壁的囚犯。而人是不能忍受囚禁的，所以記憶對抗現實，不斷詮釋重組過去，眼睛則反叛空白，要求可以注視沉思的焦點。窮人家在牆上貼報紙、月曆，囚犯在牢牆上畫圖，貼照片。白色固然是一個自足的顏色，不需要進一步的完成。然而白牆的白，如稿紙的白，畫布的白，不是顏色，而是空間，是人一種心靈狀態的表徵，亦即人性本能對空無的反抗，對死亡的拒絕，激起塡補的強烈欲望。因此人若有所選擇，總會在牆壁掛上什麼，哪怕是一把乾草兩塊破布。空無所有的白牆，好像褲子沒有口袋，讓人若有所失。

記憶裡第一面有色牆是淺橄欖色的，有種溫厚的驚喜。彷彿從什麼落後枯寂的地方來到，突然看見美的可能，看見平常生活可以藉一個簡單的顏色而豐富。不像千篇一律的白牆，單調無趣，沒有個人的記號，表露視覺和心靈的雙重貧窮。後來改建公寓，牆漆成淡藍，印上更深一點藍色的花樣。那時很興奮，覺得漂亮。再搬家，新公寓的牆回復了白色。有色印花的牆無疑過時了，牆似乎就應是白色。白色統治牆壁，如紅色統治女人的嘴唇。

白牆有很多好處，最大好處是安全。人固然各有喜歡的顏色，但不管喜歡什麼顏色，白牆都不致造成冒犯。然而這個好處，同時卻是致命傷。所謂安全，也就是平常、普通、沒有個性。白牆幾乎像制服，刻板無味，毫無驚奇可言。一面赤裸的白牆不止乏味，簡直讓人愚笨。

牆壁可以不是白色，如花可以是綠色。白牆的普遍制約了一定的思想模式，像社會中許多觀念。第一次看柏格曼的電影《哭泣與呢喃》，印象最深刻的是那滿房間的紅，紅牆、紅簾、紅毯，出奇的陰森可怖。從沒想到有人會在屋裡用這樣多的紅色，尤其是牆壁。也從不知道大量的紅色，竟可以給人這樣的恐怖。中國文化裡的紅是喜氣的，嘈雜熱鬧，帶著小孩的天真，絕不陰森。美國五十年代服裝界的名女人戴安娜·麗倫（Diana Vreeland），愛極了紅色，家裡布置一路紅下去，一點也不嫌多。

馬蒂斯有張畫《紅色畫室》，單一的紅色上用線條勾勒出桌椅家具，這裡那裡擺著他的畫，封閉的畫室裡是遊戲的快樂和自足。紅牆，似乎並不是多不可思議的事。

電影裡牆壁的顏色，總是引起我的注意。法國和義大利片裡，經常可以看到各種顏色的牆。義大利片《流星之夜》裡，即將陷落的小鎮居民棄家逃命，局勢倉皇中鏡頭流連不捨，慢慢滑過這家裡的每一樣東西，天花板、地板、牆壁，古老的建築，舊式的家具，充滿記憶，往日規律平靜的光輝。我格外記得那芥末黃的牆，大膽美麗。不久前看的英國片《淺墳》和美國片《陌生人的安慰》，都是殺人的故事，病態血腥，看了很難受。然而兩部電影裡，都有顏色極漂亮的牆，彷彿蓄意對照故事本身的醜惡。

年輕時沒想過要去在乎牆的顏色，反正總歸是白，也反正不是自己的，沒有餘閒餘錢去關心。四面牆，天花板地板，圍起一個可以遮蔽風雨吃飯睡覺讀書的地方，這是牆的角色，它的局限代表安全。六年前的夏天，我們從長島回到安那堡兩個月，在市中心租了間小公寓住。一屋白牆，家具也是白的，不然淺灰，唯有餐桌旁兩張可以開闔的木椅漆成杏黃色。坐在沙發上看書，抬頭便看見它們，整間屋裡就那兩張椅子有生命。那效果近似電影《辛德勒的名單》裡，黑白鏡頭裡突然出現穿紅衣的小女孩那樣搶眼①。放眼讓人窒息的白色，終於激我作了幾張反常鮮艷的畫掛在牆上。

不斷在想用什麼顏色取代白牆，非常認眞。英國作家喬哀思・凱利（Joyce Cary）的小說《馬嘴》的主角是個窮畫家，住在船屋裡，夢想在空白的大牆上作畫。我看環伺的白牆也是這樣，只不過我看見的不是構圖，而是顏色：馬蒂斯剪貼女體的藍，梵谷向日葵的黃，褪色的磚紅，帶灰的橄欖綠。印度人做菜用的香料有很多漂亮的顏色，paprika 的紅，tumeric 的橘紅，咖哩的黃。我到處尋找顏色，白牆讓眼睛貧窮。

什麼時候白牆的意義產生了變化？無邪的白牆成爲嘲諷，成爲生活空白的提醒？站在那裡，一堵又一堵垂直起立，壟斷極欲掙脫的視線於有限的空間之內，以彷彿空無的寧靜挑戰個人的想像和創造，要求戲劇，要求聲音，要求生命。於是空白失去了原有的中立、無邪，本身帶著強烈的陳述：尙未完成。白牆說的是欠缺，嚴格一些的詮釋是無能、失敗。

這樣敵視白牆，幾乎可說奇怪。事實上，白牆無罪。我喜歡白色，潔白、明白都是好詞，白色的純粹正合我完美主義的性格。再說，白牆便白牆，掛上幾幅畫就生動了，有什麼大不了？沒什麼大不了，只不過厭了。中年對自己的失望，轉嫁爲對白牆的苛責。在生命這個階段，突然覺得無可挽回的「白」活了——生活是這樣的無聊無色！當然我很清楚，渴求顏色的眼睛呼喊的是激情，是叛逆，是一個中年人對擺脫平凡的無能，以及最根本的，對死亡的恐懼——如果不能走出門去轟轟烈烈地幹下什麼大紅大綠大紫，而只能窩在屋裡寫點不乾不脆的小愛小恨，至少讓眼睛有一些痛快！

說穿了，只是想要一點隨心所欲的奢侈。如果牆不得不白，顏色便是奢侈。純然是相對的邏輯，不是絕對。譬如在陰暗的老房子住久了，白牆的明亮便比任何顏色都受歡迎。現在客廳裡有一面深核桃木的牆，我就曾經考慮打掉換成白牆，嫌太暗。後來留了下來，覺得有一面深色牆也好，顏色暗可以靠畫和淺色家具來平衡，家裡委實已有太多白牆。

一旦開始想像其他顏色的可能，就會發現白牆怎樣嚴重的局限了我們對顏色的接受和欣賞。我們變得單調、保守、膽怯、枯燥，除了白色不能想像牆可以有其他顏色。一個人可能一輩子都不能從這種「白牆」模式中掙脫出來，甚至不知道自己陷在一色的思想之中。我是一直到最近才忽然有這種覺醒，才發現生活環境裡多麼欠缺顏色。我們不知道運用一點顏色，便可以擺脫白色的森嚴、紀律和沉默，創造一點趣味、生機、喜氣，和最重要的，創造美。我們不知道顏色是有趣的遊戲，人人可玩，以爲那是畫家和設計家的專利。

我已經不能視白牆為一種當然，我要顏色：客廳淺橄欖綠，起居間刷淡杏黃，小箏房間鮭魚色，我們的臥房薄薄一層靛藍，書房灰藍，每間不一樣。不過想歸想，最後可能只是空想，白牆終歸還是白牆。因為老實說，在這無忌的想像之後，又有一點保留，沒有把握——我怕會不習慣牆壁的新顏色。這點保留使我儘管放恣想像，卻不至於立刻便付諸實行。畢竟，年紀成敗都已鑄成，沒法更改。而白牆總在那裡，無害待罪，一無辯白。如果不滿是激發生命的動力，白牆毋寧是一種挑釁。當我面對白牆奔放想像，每一次都好像出發，快樂無懼，而這，矛盾又諷刺，幾乎可以說勝過到達。

註：①電影完我一直在心裡爭辯史匹柏那一幕的成敗，無疑他用小女孩的紅衣，強調原來唯利是圖的辛德勒在那特殊的一刻動了情，也就是有了憐憫。但是不用顏色，光憑男主角的眼神我們也可以知道。那樣搖旗吶喊的提醒觀眾，便顯得造作、笨拙。

尋找普魯斯特時間

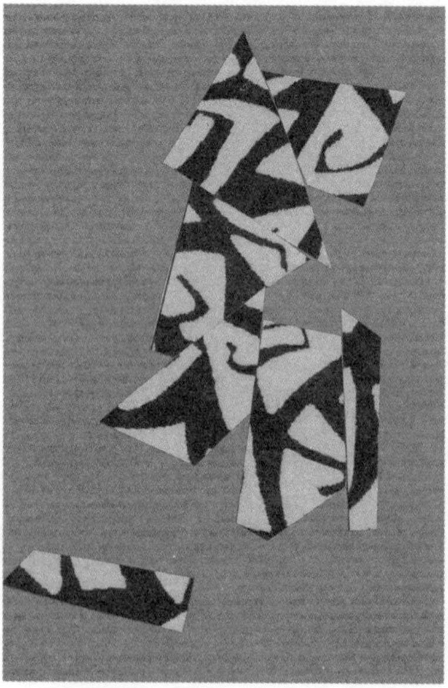

1

藝術處理的是時間，尤其是音樂和小說。

睥睨時間，至少挑逗、戲弄、抗拒時間，是創作者心照不宣的前提。藝術的本質是輓歌。《紅樓夢》如此，《追憶似水年華》也是如此。不同的是《追憶似水年華》以時間爲主題，向時間公然宣戰。

古今中外，讀過《追憶似水年華》的可能不多，不是看到那堂堂七冊便膽寒，就是讀不到幾頁就被那洪水氾濫的文字打倒了。不止一般讀者如此，連出版社編輯都招架不住。《追憶似水年華》第一冊要出版時，紀德不識貨，不肯出版。另一編輯嫌又臭又長：「花十七頁篇幅只爲寫童年一個失眠的夜？」據《擁抱似水年華》作者狄波頓言，《追憶似水年華》裡最長的句子可以繞葡萄酒瓶底部十七圈。

當然，普魯斯特的方法是：慢。從開篇首句：「在很長一段時間裡，我都是早早就躺下了……」透過記憶的放大鏡，將過去點滴放大顯微，緩慢經營，然後這樣結束：「……因爲他們像潛入似水年華的巨人，同時觸及間隔甚遠的幾個時代，時代與時代之間安置了那麼多的日子——在時間之中。」普魯斯特抓緊記憶中的事物，《追憶似水年華》是他對世界不斷流動消逝的思索和補救。尋找永恆和絕對、主觀和客觀的意義，時間是主題，也是媒介。有耐心的讀者在他緩慢如靜止的節奏中，發現每一刻無窮延長。那些漫長富麗的文字凝住時間，供在紙面。如普魯斯特所說，他「征服時間，挽回過去」。

2

《時間地圖》前言裡引：「時間帶著口音發言。每種文化都有一套獨特的時間紋路。」

普魯斯特的時間口音，帶著法國文化凡事認眞的哲學傳統。所以法國烹飪講究萃取食物精華，不惜時間以小火熬煉湯汁。而法國電影常在彷彿沒有故事的空間中徐徐展開，不追逐時間，毋寧是凝凍時間。相對，美國電影極於擺脫時間，以急速的節奏掩飾空洞的內容，大多電影充滿對現在的焦躁和心虛，好像畫面的唯一目的是將這一刻盛裝簇擁到下一刻。

急躁文化的時間口音渲染到文字，小說的節奏快了，報章雜誌的文字更奔過紙面，帶著紐約街頭的繁忙和緊急。

慢條斯理過時了，時新文字是活潑、跳躍，是支離、割裂、意念形象化、時間空間化，是畫面和內在的出入和剪接，是詞彙堆積、訊息壓縮，是作品呈現時空的急遽放大和縮減，是繁複到精神錯亂不知所云。

譬如陳玉慧〈時間的臉〉：「……週日中午，五腳羊街裡的巷口，一家殯儀館門前，老邁的女人問：她有個遠房親戚在紐倫堡……有一對情侶走在法國南部大城的街上……在希臘旅行時……美國威斯康辛州這幾個月有龍捲風……台北信義路的銀翼餐廳……」文字的速度極快，事件在時空中跳接，像毫無意義的畫面。你好像在看以二十秒的高速畫面壓縮一個推銷訊息的電視廣告。

相對，楊牧〈下一次假如你去舊金山〉：「……彷彿，或許，是那歌詠與那音韻的結合，一種重重覆沓的期盼和排斥，有意，委婉，以快速的節奏傳過來，訴說著，彷彿，或許吧，彷彿訴說了一段又一段相似的故事，發生在高地草原上，在雨林深邃之中……」欲語還休，飄搖的彷彿和或許為將出場的事件鋪陳，說到一半的句子一個猶疑又折了回去，「重重覆沓」，低聲如私語。這樣的文字以緩慢助長情緒、增加重量，飛躍不是目的。作者不急於告白，他沉浸在孤獨的氛圍裡，時間從遠方照來如金黃的光。

又譬如朱自清〈背影〉：「我與父親不相見已二年餘了，我最不能忘記的是他的背影。那年冬天，祖母死了，父親的差使也交卸了，正是禍不單行的日子，我從北京到徐州……」直敘，然而節奏徐緩，彷彿章回小說裡的話說從頭，悠悠然如有無盡時間可緩緩道來。

從容的文字給予時間充裕的假象。而現代文字已不關心製造這樣的假象，關心的是如何將時間以最快速度從這點移到那點。文字形同交通工具，有時小說的速度感，變成了唯一的成就。

3

普魯斯特說：「心靈有它自己的景物，然而讓它靜觀這些景物的時間有限。」是的，當我在這裡記錄時間，不斷懸在眼前如巨大霓虹燈的是這兩字：有限。同時，不斷由這有限破空而去的，是我一再捕捉的幻覺：擱淺時間，捉住時間如捉住螢火蟲放在瓶裡。我在一篇手記裡寫〈書店裡的時間曲張〉：「那個高科技金屬質地咻咻作響的時間，屬於外面的馬路。這裡時間是降落在地毯上的一簇光，你撿起來，輕輕摺好，放進口袋裡。」這裡時間進入想像的象限。就像旅行是截時間於中流，將呼嘯而去的生命凍結於現在。

還是普魯斯特的話：「一本書是座巨大墳場，裡面大部分的墓碑都已沒有名字，無法閱讀。」他在過去的死亡中重創過去，在時間的墓碑鑿打新的名字。而我在這裡爲每個即將（還是已經）逝去的現在寫墓誌銘嗎？時間是客觀的度量，還是主觀的發明？我問B，他當年學理論物理。因爲他我開始好奇宇宙最小的單元：基本粒子；因爲他我接觸到科學界以極小求極大的理論工具：化約論；也因爲他我發現科學知識的喜悅：數學、物理，陌生而高深，幾乎比想像更加迷人——科學到了最基本，也不過始於一二天才的狂想而已。

4

檯面積了灰塵，陽光移動時間。

想像小時坐在教室裡，時間下了錨，停留在不動港口。想像等待未來，等待快樂。

想像不斷疊高的書，來不及讀，更來不及懂。

想像貝殼、月光、門檻、青石街道、胡琴，想像耳語、散落的長髮、低垂的眼神、背影。想像雷雨中獨坐陰暗的室內，想像「雞聲茅店月，人跡板橋霜」。想像茶葉在陶杯中舒展，夕陽照在臥房的窗簾上。想像霧起山谷，螢火蟲在林間飛舞。

想像神馳的時刻，想像越出自我的化境。想像一種沒有時間的時間，沒有單位的空間。

想像想像本身。

艾倫·來特門的小說《愛因斯坦的夢》裡探討各式各樣的時間，有跳躍的時間、不斷來回的時間、靜止不動的時間……我給小箏講永遠不完的故事……所以，精衛仍在塡海，吳剛仍在伐桂。

如果總做一樣的事，如果什麼都不改變，時間便不存在，便是永恆。還有什麼更可怕？然而，「人生長恨水長東」，還有什麼可說？我們無須畏懼永恆，因爲沒有資格：我們鎖在這條時間線上，往死滅的方向，永不回頭。美或許是潛在的悲涼，時間絕決的方向成爲美的前提。一切都要消逝，連宇宙、時間本身。而許多剎那天衣無縫接壤，生命與非生命運轉無間，有限和無限之間出現了人，出現了數學、音樂和詩。

在一切消失之前，有現在。我提醒自己。

慢下來，我提醒自己。

在時間的建築裡

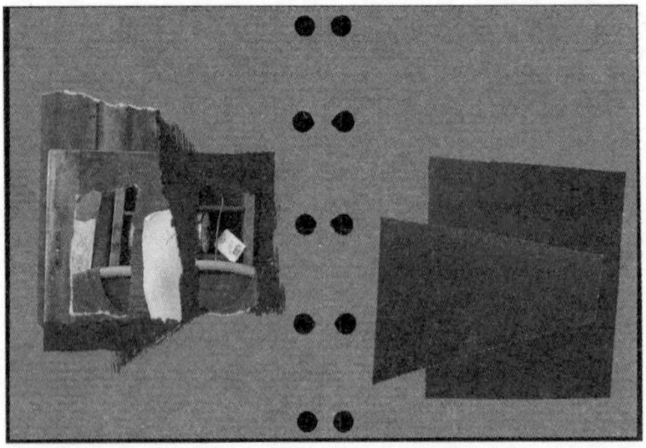

1

什麼是時間？什麼是空間？

吳治平在《超空間》裡寫：「在空間中，時間是否有意義？」奇怪的問題。我以爲如果沒有空間，也就沒有時間；如果沒有物，也就沒有空間。時間是穿越空間兩點所需的値。但如果停駐一點，不也消耗某個値嗎？是的，時間不單是空間的位移，也包括內在的位移。時間是改變的衡量。譬如不動如樹，依然如星球從事生老病死的運轉。永恆是，什麼都不發生，也不改變。取走時間，便是永恆。然而，能抽取時間而不影響空間嗎？物理學上，時間是時間，空間是空間，各自獨立。笛卡爾座標系裡，時間自成一軸。對我，時間和空間像明和暗，是一種存在的兩種狀態，而不是兩種存在。我沒法單獨想像時間或空間。

時間需要容器。或者，我們理解的時間需要容器，需要建築。在所有東西裡，書承載了無比的時間和空間。

2

兩牆書，客廳成爲時間最從容的所在。

有的地方特別沉靜，光線到了這裡會微微曲折，聲音在空間中放大或迴盪，時間染上薰黃的色調，一切慢下來，緩緩擴散。這樣的地方不關乎大小，而關乎空間設計暗示的心理時間。譬如亭和徑都是緩慢的意象，暗示漫遊。又如沙發椅和茶几、書架和玻璃櫥、桌燈和燭台，暗示休閒和舒適。物件和建築一樣，都是時間的容器，引發特定的心理效果。不同空間有不同的時間感。工廠、辦公室、銀行、機場的空間隱含效率，也就是速度。到了咖啡館、餐館、麵包店、花店、糖果店、畫廊、藝術館、旅館，則時間弛張，如流水出峽，慢了下來。

《時間和生活的藝術》中，作者將家具分爲：過去的家具，如架上的書、乾燥花、骨董、西向的窗、照片、畫、燈光等；現在的家具，如爲實用而置的桌椅、一盆水果、攤開的書、南向的窗、現代畫等；未來的家具，如空牆、天窗、東向的窗、開敞的空間、削尖的鉛筆、白紙、闔起的書、淺顏色等。他賦予家具的正負時間值，極耐人尋味。

我家客廳兼有過去、現在和未來的家具。牆上有畫，腳下有地毯，角落有懸掛或站立的盆景。窗邊的長沙發椅可以躺，一黑一磚紅兩皮椅各有擱腳凳。一牆書架旁是張小圓桌，配四隻細鐵腳籐椅。可以圍坐小圓桌看書閒談，不然坐沙發或皮椅，蹺起腳來看電視、看書、聽音樂。我們在這裡做一件極簡單，而在現代近乎不可能的事：休息。

3

然後，書房。

書房原是個慢的地方，吸收我最多時間。在書桌前坐下，攤開書或稿紙，時間由意識中放逐，一個人不但在想像的空間，也在想像的時間中飄遊。山中無曆日、李伯大夢、《紅樓夢》、相對論，一個鐘頭可以是一千年或一轉瞬，時間壓縮膨脹摺疊斷裂，存在又不存在。

我的書桌總是亂，書籍和紙頁堆積、散布。我獨坐桌前，君臨一個廣大王國。書必然是我愛看的，零散的紙頁有進行中的工作。有時靈思滾沸，筆下迫不及待要凌空而去。有時神思懶倦，在桌上摸摸弄弄，掙不脫精神上的地心引力。然而總是有紙有筆，和落筆成字的欣喜。我看自己的字，有時鐵畫銀鉤像老樹槎枒，有時乖整如待檢閱的兵。我不擅書法，但知道筆畫的空間關係，知道自己寫時什麼地方踉蹌了一下，跨不出去。好像空間其實是透明牢籠，有一定的界限越不過去。每一字每一筆畫，是我的局限在紙上成形。然而局限與否，我愛那無中生有的過程。先是白紙，有了字，然後有了文章，然後厚厚一疊稿子變成了書。我在書房消磨時間，一個上午悄悄過了，下午也過了，晚上，一天又一天。極黑的墨水，排列成行的字，消磨時間，消磨生命。這樣安靜，這樣空曠而又充滿。

裝了電腦以後，書房的時間感變了，工業時代的高速和冷漠侵入原來從容的空間，效率潛在每個指令和執行背後：快！再快！更快！像我催促小箏。我到書房去工作，如別人到辦公室去上班。從廚房到書房，走進一個製造、生產、公事公辦的機械空間。牆上掛了畫，桌上站著相片和畫片，有紙也有筆，仍然，書房不是原來的書房。與我正面相對，空盪如臉，占據書桌最大空間，是我賴以生存的尖端科技：電腦螢光幕。我沒有從前在書桌前的悠悠之感，倒覺像工廠裡的員工面對生產線，籠罩在一種森然的高效率氣壓中。我可以比從前更加苛刻，一次又一次肆無忌憚修改——最後印出來必然整潔如新。仍然，我覺得電腦侵犯了書房淨土，不管多麼全能，它的材質、結構和面目都凜然陌生，像個闖入者。我愛電腦的效率，但是感情上排斥它，而我不能想像排斥書籍紙筆。我像一個開車入山的人，喜歡車的速度，卻抱怨馬達聲破壞了山水的幽靜。

有時帶杯茶或咖啡進書房，放上音樂，仍然，書房變質了，再無世外桃源的情調，它從時間之外進入時間之中。我已經不能偽裝從容，寫節奏徐緩的文章。思緒在前後左右跳躍，我企圖越過時間的線性規畫，置身多重空間，平行陳述思想和感覺，呈現時空的曲張和重疊。手指在鍵盤上飛躍，不時挪動鼠標，大塊切割移動段落，感覺是快，是追兵在後的緊急，是無數思想微粒在空中飛行排組，瘋狂尋找秩序。我不是黑夜荒原燈火獨明的驛站，而是全球網路中的一點。在思維的高速公路上，我匆忙趕路，像無數典型的現代人。

4

如果空間定義時間，建築定義現代。

現代建築的視覺表徵是直線，背後的邏輯是效率。現代城市的節奏：快。

談起現代城市，沒有人會想起羅馬、巴黎、布拉格，想起的是紐約、東京、台北。《超空間》裡，談到置身羅馬和紐約感覺的不同：「在羅馬只覺得人是如此渺小，似乎永遠無法征服自然。……而紐約提供的是人征服自然的版圖，……同樣是自然貧乏的城市，在紐約是感受現代建築機能的力量，而羅馬則展現其傲人的自然力量。」這不同來自建材，更來自設計。誰都可以感覺通衢大道和蜿蜒小徑的不同。直線的逼人即刻強加秩序、權力和絕對；曲線則影射柔和、含蓄和複雜。直線陽剛，表現左右局勢的意志。而曲線委婉，在時間中綿延迴轉，既不肯定也不否定，在空間中纏繞重疊，如綻放的玫瑰花瓣。

直線的流暢一端是灑脫，是去蕪存精之後的簡單和純粹；另一端是抽象、冷酷，是不容絲毫猶豫和隨心的嚴峻理性。舊金山現代藝術館館長艾倫・貝斯科說：「現代建築關心的不是生活，而在表現價值。……現代建築的精神在徹底掃除個人和私人空間。」萊特納有機於無機中的設計雖然引進外界和光線，創造開放流動的空間，但整體印象還是硬，精簡到大義凜然，只能遠看，不能徜徉。那樣近似潔癖的嚴謹空間，好像只有光這樣純粹的物質可以居住。一瓶花或一盆水果可能都是冒犯：它們會凋謝，然後腐爛，它們不夠絕對、完美。一個人難以想像在萊特空間裡呼吸、打嗝、放屁、嘔吐、排泄，更不用講製造髒亂。當年萊特除了設計家具還設計太太穿的衣服，以免衝撞他的室內設計。

古典美學多彩和繁複，出於對自然的禮讚。現代設計則相反，本質上竭力否定人的感情用事和有機本質。棄絕洋洋灑灑的曲線，掃蕩自然的奢侈和邋遢，在直線裡人重新創造自己、改寫景觀。於是有現代這直線專制的時代，沒有直線，則不成現代。地下鐵道、高速公路、直起直落的高樓，和廠房、倉庫狀的教室、圖書館、商店、餐館、購物中心。這些建築說的是同一語言，甚至同一句話：「如果能以直線完成，爲什麼用曲線？」直線和曲線源自不同語系，代表對立的美學和時間。直線是論述，是命令，是力；曲線則是抒情、感動、寬縱、從容。在直線的宇宙裡，曲線代表任性、虛榮、浪費。正如，如果直走可到，何必拐彎？你要找彎腿的桌椅，到骨董家具店去。你要柳岸花明的街道，到老城去。

譬如美國喬治亞州的古城薩瓦納（Savannah）。棋盤規畫，大道中央和兩旁，是綠蔭幽然的橡樹，西班牙苔如長髮懶懶垂吊，即便無風也給人微動之感。凡十字交口則闢成誘人的小公園，老樹蔭下是雕像、噴水池或涼亭。優美古老的石或磚建築，寬闊的人行道不時有靠背木椅，供行人閑坐或休息。長日不斷，夜永遠年輕。你可以想見如《亂世佳人》裡的南方仕女，細腰長裙撐白色蕾絲小陽傘飄然走過。像電影慢鏡頭，慵懶到幾近腐敗。這小城的一草一木一磚一石，都告訴你人生最笨的事莫過匆忙。你要一步三駐足，你到這裡遺忘時間，或者，與自然時間同進退。

5

櫻桃木家具經久而漸紅，柚木家具則色澤加深。木材與石材吸收時間，越老而越見情調。玻璃恰相反，純粹透明，似在又似不在，視覺的騙術好像否定時間。光穿越玻璃正似時間穿過，不留痕跡，一如不曾存在。閃閃發光的現代玻璃建築設計不考慮時間，而凝凍於現在。透明靠的是清潔，因此玻璃須維持乾淨簇新的狀態。它的內在邏輯反對歷史和古老，要求永遠年輕。玻璃建築和平整草坪，像一對拒絕成長與死亡的現代雙胞胎。因此古老小廟或斑駁教堂具滄桑之美，而一個古老的玻璃建築不是個自相矛盾的笑話，就是不堪注目的景象。

一位在大學教授歷史的黑人朋友問：你知道住家陽台消失，代表了社區生活的改變嗎？

那時我從沒想過，是他引發我的注意。是的，我發現有陽台和無陽台的房子訴說兩種語言。陽台、搖椅、紗窗、綠蔭、扇子、檸檬汁、仲夏之夜、螢火蟲……長串的暗示、聯想。時光悠悠，過去的時間、記憶、故事、生老病死、喜怒哀樂、一切，緩緩出現而又消失。

廢墟、斑駁的牆、迴廊、青苔、陰影，都是時間。破井殘垣爲什麼喚起強烈美感？草野間那棟敗落的農舍爲什麼不斷吸引我的視線？

神的花園①，古老的巨石巍然站立，在風雨中剝蝕，形成各種形狀。石頭、峭壁、斷崖，在風雨中，在時間中。

在時間的建築裡，在空間的時間裡，只能這樣說。

註：①在美國科羅拉多州。

吞嚥大地和天空

——在新墨西哥

1

新墨西哥州，由聖塔菲往幽靈牧場路上。

景觀一路變化，先是禿岩和低矮白楊散置的半沙漠坡地，然後是紅色砂岩崛起兩旁，遠方群山如長龍排列，路在山中彎曲。

其實不管在新墨西哥哪裡，所見不是山脈、高原、峽谷，便是草原、沙漠和老鎮、廢墟。明朗的日子藍天空盪，午後漸漸起雲，近傍晚時分雷雨在遠近局部落下。放眼望去，藍天白雲黃土紅岩綠樹，近景遠景大遠景，一重重出去，一重重放大。

怎麼以語言凌駕那廣闊？文字硬得像嚼不動的石頭。想到氣吞長虹、長河落日圓、萬頃一茫然，想到〈阿房宮賦〉：「六王畢，四海一。蜀山兀，阿房出。」和李白〈蜀道難〉：「噫吁兮，危乎高哉！蜀道之難難於上青天。」的氣勢。而我腑臟中空，只擠得出「壯闊」兩字，不然只能效李白噫吁驚嘆。

該死的文字！無能的文字！

然則，不訴諸文字怎麼辦？不鑿井怎麼望天？我無意以文字興建殿宇，只想卑微記錄，算是我的匍伏。

2

意識以對組的形式出現，自然景觀的懾人或撫慰，暗示對面人文景觀與人自身的狹隘和壓迫。反過來，人文景觀的工整和精緻對應自然景觀的雜亂與粗糙。山水的壯美必須出自終年緊閉室內的都市人才能切實體會，正如長途野外跋涉之後最激勵士氣的無過遠方的燈火或電線桿。當人攝入天地而啞口無言，底下有個未明言的前提：這裡／現在，對應，那裡／那時。壯闊的感覺對面，是對自己每天小鼻小眼生活的鄙夷和無奈。站在那裡，眞正的意義是不再置身斗室之中或封在車裡。至少，對我如此。

因此，站在那裡，山勢在四面八方開展，說不出的感覺是我知道這不是紐澤西或新英格蘭常見的景觀，這裡視線得以筆直放出去而不會遭到阻隔或割裂，這裡沒有建築或文明，只有彷彿開天闢地當初的地質和地理——我「似乎」還原了。

艾比在《沙漠獨白》裡說得不能再好：「這裡（指峽谷內）有足夠給印度教眾神

的大教堂、神廟和祭壇。每次我由一旁隱祕的小峽谷仰望，幾乎覺得所見應不止是自小泉長出的白楊……而應另有燦爛如虹的光華，純光，純存在，純形體外的智，即將說出我的名字。」

此外我想的是：如何以每一毛孔吸收這陽光風雲，如何張口吞嚥這天空大地，這樣當我困於紐繹西屋裡或郊區寂寥沉悶或思考閉塞中時，能張口釋放新墨西哥的雄偉與浩蕩，而將一切大小比例重新安放在應有的位置上，因而可以說「胸有丘壑」？

3

美國西南，科羅拉多州、新墨西哥州、猶他州和亞利桑納州四州相鄰如一塊四分，叫「四角」。東西南北四個角落，隱然涵蓋了天下。這四州地形包括高山、高原、峽谷、沙漠和平原，合成一個總體地理景觀。在新墨西哥，譬如汽車牌照、商店招牌或商品上，經常可見一個圓圈上下左右各有三條放射直線的印第安圖形，提醒人自身之外的天下四方。

從新墨西哥回來，照例沉入書中。「沉」是確實的說法，如果旅行是上升、飄浮，回來便是降落、下沉。由海闊天空到例行公事，由吃喝玩樂到成敗得失，誰能不覺得縮小如蟲蟻而洩氣，而高歌人生得意莫過笑傲江湖？回到家便回到江湖，侷促於遊戲規則而身不由己了。

在新墨西哥一週，所見實在不多。多少的說法，正犯深入旅遊的大忌。我厭惡七天八國式的狂飆式旅行，不解那種多多益善的心態。因此我們旅行喜歡隨興，當然，必須事先決定好地點時間，隨興的程度已很有限。在新墨西哥一週，簡單兩句便可概括：逛聖塔非、陶斯，爬山，乘皮筏過激流。譬如我們春假時到科羅拉多石城也是這樣，隨心所欲，結果爬山散步閒坐之外，許多時間花在書店裡。而由新墨西哥回來，如同由科羅拉多回來，覺得胸中朗朗，大氣吞吐有無限氣象。等煞有介事坐下，那浩然大氣馬上揮發無形。當神思如天馬行空，誰要鎖在電腦前敲打鍵盤？愚蠢莫過於以文字捕捉旅行，尤其是大山大水。（這時腦中不知爲什麼，迸出文天祥〈正氣歌〉的句子：「天地有正氣，雜然賦流形。」大概是覺得若將「正氣」換掉，便可做開天闢地的描寫。）在新墨西哥時，經常行車路上，覺得神思飽滿文句如電，隨手便可將山嶽峽谷如棋子安放紙上。我心目中的文章不是按圖索驥的無聊遊記，而是大開大闔擊鼓而歌式的印象即興，我想的是哪吒風火輪電掣來去的風光。怎麼寫？等回到家，除了洗出來的照片和買來的書，只剩腦中一片混沌和庸俗。左寫右寫，出來的是火車時刻表之類的貨色。

4

七天，我照了九捲相片。我們到的第二天晴空白雲，果然光線澄淨透明。來到新墨西哥前，我就聽說攝影家熱愛這裡的光線。許多名攝影家都愛到這裡來攝影，譬如保羅．史傳德（Paul Strand）、安叟．亞當斯和艾略特．波特爾（Eliot Porter）等。安叟．亞當斯在信裡寫：「這裡一切都這麼美，像畫一樣。而且空氣和山和人都這麼好，我覺得完全『進』到了這土地上。」、「每件東西都在發光。」艾略特．波特爾原是哈佛大學生化教授，改行攝影，最後定居新墨西哥。畫家喬治亞．歐姬芙熱愛新墨西哥，也終老於此。

兩百一十六張相片沖洗出來，丟掉約四分之一，其餘收進相簿，寫上簡短說明，譬如「私人住宅」、「旅館前的馬路」、「到蛇湖的山徑」、「煙囪岩」。當然，只是一堆平庸貨，然而不論優劣，我想的是這堆相片並未眞正表現出那氣象，未表現出我心目中的眞實。我所謂的眞實是置身那三度空間的即刻反應，是腳踏實地走過山徑和街道，是風雨欲來抬頭見烏雲滾滾陽光篩過層雲風掃亂頭髮腳步加快不知那雷雨會不會往自己頭頂罩過來的戲劇趣味，是看見一道牆一座教堂一進門口一重山脈一塊巨岩一簇光而心動想要攝下而終於徘徊停步摘下相機對準的過程。這些，相片反應出來了嗎？如果你用心讀，（是的，不管好壞，相片像文字都應該用讀的。）而不是浮光掠影掃過相紙上那可能不太吸引你的影像，也許，只是也許，你能想見攝影人置身實地當時的心情。然而，絕大可能你的反應是淡漠或勉強，覺得只是一堆別人隨手拍的爛照片，一點都不像攝影畫冊或雜誌月曆裡的那麼好看。

好看——正是這致命兩字，所有試圖表現「眞實」的創作都要栽在這兩字上。

在聖塔非藝術館我買了一冊攝影集《土地、天空和其中一切》，回家後又郵購了艾略特．波特爾的《格蘭峽谷》和安叟．亞當斯的《大峽谷和西南方》。這些攝影都好看，好看極了，甚至可說太好看了。

《土地、天空和其中一切》由聖塔非學院的攝影學者詹姆斯．恩亞特編輯而成，不止收錄多位名家攝影，還包括三篇討論攝影的論文：〈其中的地方〉、〈藝術和自然理念〉、〈現實的斷片〉。買來當天回到旅館，友箏在游泳池跳上跳下，我在池邊便從頭到尾仔細讀完，邊讀邊印證自己的所見所思。現在我安坐家中翻閱這些絕美的攝影，神遊那些未曾遊過的地方。安叟．亞當斯的大峽谷和新墨西哥一如他的簽名風格，清晰到纖毫畢現，構圖工整，意象莊嚴如聖詩，無窮的黑白層次給予畫面驚人的空間感。波特爾的格蘭峽谷①多是特寫，那些異彩岩壁彷彿就貼在鼻尖。

我想像攝影家面對景物，然後構圖，然後花長時間等候最佳光線，然後沖印出來，然後有我們所見的作品。整個過程是一種過濾和調度實物的活動，是轉化而不是模擬、創造而不是映照、表現而不是呈現。因爲現實並不考慮好看與否，現實單是存在。所以亞當斯玩笑說：「上帝沒進過藝術學校。」譬如，烈日下景物明暗對比過強，不好看，不適於入相片，然而是實際景象。爲了好看，爲了「恰當」構圖和曝光，攝影家必須考慮主體、襯托、對稱、協調、對比和許多化實物爲藝術的因素。因此風景攝影最後都畫面工整，四平八穩，一點不像實際景物的亂七八糟。我不禁想：這經過了太多藝術上的過濾和加工，太不客觀了。這只是片面，不是全部。因此雖不是虛構，也不是眞實。

5

安叟．亞當斯說大眾不懂他的攝影，他的攝影並非實物影像，而是自然的抽象概念。他說：「攝影是對周圍世界觀照的模擬，毋寧是由宇宙混亂中抽取出來的片段。」

也就是，攝影並非亦步亦趨反映外在，而實是攝影家內在意念的外現。攝影家由現實林林總總中抽取具有代表性的片段，以個人手法表現自己的內在境界，攝影其實是由具象走向抽象的過程，擷取精華以表現全部。因此，當我責備這些構圖工整曝光完美的攝影不眞，我是既錯也對。對在攝影家原本無意忠實反映外在，虛構事實；錯在要求眞實。我退步再想，要求眞實錯了嗎？接下來立即的問題是：爲什麼總卡在眞實與否這關鍵上？

我愛亞當斯和波特爾的攝影，尤其是這冊《土地、天空和其中一切》所收的許多幀，從樸質、詩意、神祕到壯闊、莊嚴，展現了美國西南方的遼遠氣象。然而，是在一些主題比較謙卑的攝影裡，譬如筆直空盪的馬路、散落的房屋、破舊的商店，我窺視到攝影對象本身的亂無章法。我提醒自己：記得原來景觀並不框在四邊裡面，記得打破邊界讓相片裡的景物延伸下去。這樣，我既可安於欣賞攝影本身，同時又越過攝影返回實物本來面目。

6

英國人類學家奈及爾．巴利記錄他在西非田野調查的書《天眞的人類學家》，我很喜歡。典型英國式幽默，含蓄詼諧，許多地方讓人一邊毛骨悚然一邊哈哈大笑。書裡提到他研究的土著多瓦悠人不會認相片，也就是看不懂。對我們相片就是實物的翻版，在意識上兩者可以相互替換，對多瓦悠人完全不然。你給他們看族人或認識的動物相片，他們搖頭說不知道。這人的照片在他們看起來，和那人的照片差不多。我不禁想：我們看照片不知的程度和多瓦悠人不知的程度相距多遠？恐怕不過五十步與百步。問題是他們知道自己不知，而我們卻以爲知道。就憑「讀」那些專業攝影家的攝影，我到底對相片裡的世界知道多少？根本，有權利說知道嗎？甚至實地走過都不能說知道，更何況不過見過相片！

每次旅行回來面對洗出來的一大堆相片，回想旅行中種種，深刻感覺除了重來，經驗無法回到那經驗裡。然而時間的殘酷是無法重來，即便「回到」同一地方旅行，經驗已然不同。時間無法複製，經驗無法複製。所以說逝者如斯，一水不能二渡。「回」其實只是癡想，所以回鄉的人總難免失落、枉然。然而我們生活在複製的時代：複製影像，複製經驗，複製思想，複製眞實。虛擬現實已經逐步代替了有機現實。

7

《沙漠獨白》是我在聖塔非一家書店買的，寫艾比第一次在猶他州峽谷地國家公園當管理員時，獨自生活在那片乾旱天地間幾個月的經驗。我曾在金．哈瑞森的小說《歸鄉路》裡讀到艾德華．艾比，但沒讀過他的書。那天意外在書店裡看到，又趕上大雨不停，我們各自找到書看，我即讀起了《沙漠獨白》。

最深切的旅遊經驗無法用口頭傳述，面對天地個人可能神魂震動，回頭要轉述卻是瞠目結舌，噫噫呀呀做野獸聲。書寫稍好，至少作者可從容架構文字，藉章法和節奏試圖重現那氣象與思維。艾比鄙視學院文字的中規中矩，他的文字不羈到狂放，直言無隱，充滿了赤裸天地間的激情。寫峽谷地的地理景觀和生態，形容日出日落、早晚溫差，表現出只有極端孤獨才可能的天人合一體悟，和徹底厭倦木石冥頑的寂寞。譬如：「正上方可見遠遠的天空，一小條不規則的藍色嵌在兩旁壁立相傾的峽谷岩間。一小片白雲正通過那狹窄的開口，那麼美好、珍貴、柔弱而永遠不可企及，讓我心碎哭泣，像個女人，像個小孩一樣。我從沒見過那麼美的東西。」他又充滿頑皮的幽默：「我在山狗洞裡躺開，拿臂當枕，捱過那又濕又冷又痛又餓又累惡夢不絕的漫漫長夜。那晚是我生命裡最快樂的一晚。」終歸，他熱愛蠻荒不馴的原始自然，認爲只有在那裡人才能再度找回自我，嚴厲韃伐一般人擁抱的開發文明。

我這種過於文明和匆忙的旅行不能和艾比實地生活其中相比，只能說至少知道所見連皮毛都沒有。

8

有的人每隔一段時間便須去旅行，不是觀光，而是朝聖。將自己置於荒蕪和艱辛之中，藉那迥異平常生活的跋涉來發現或印證什麼。我不觀光，也不朝聖，也許介於兩者之間，旅行是一種與現實攻錯的經驗，最主要在由現實的時間裡拔出來，竊取一段相異時空，在那裡放大或還原。也許旅行類似一顆被拋擲的石子著地前的凌空過程。

艾比在書裡幾乎不耐煩地叫：「丟下相機！下車走路！」有時，我幾乎也要丟下相機。沒了相機倚仗，現在便還原到稍縱即逝的流動狀態。但我怕後悔，知道記憶之不可靠，而不管是以文字還是以圖像，我從來都汲汲營營於採集時間。每當我下筆或攝影時，想像常飛躍向前，由未來回視這正熱乎乎捧在手中的一刻，彷彿現在已經過去，我已經在懷念。因此我總相機掛肩，像個面目可憎的觀光客，好似旅行的目的就是到達——下車——照相——滾蛋，回家後再憑紀錄重新拼裝那經驗。好似所有經驗不過爲了來日召喚，通過回憶而蒸餾出意義精華。我只能靠「我照的東西不一樣」來自衛（其實是自愚），此外必須承認：我喜歡整理照片，放在漂亮的相簿裡。不是因攝影高明，而是那些相片帶我離開現實。

似乎所有知性喜悅，由詩詞、音樂到小說、藝術，都源自一種心理時空的傳送，不然神遊化境的說法便不成立。於是，在旅行之間，當無法脫身現實，我會打開相簿，讓那些平庸的相片引渡我到那些讓我短暫還原或飄浮的地方。我緩緩一幀幀看過，沉浸回憶裡，放縱自己夢想來日旅行，無槍無劍，只有紙筆、相機和所在的地方。

註：①因格蘭峽谷水壩，格蘭峽谷現已沒於水中。

卷四

季節色

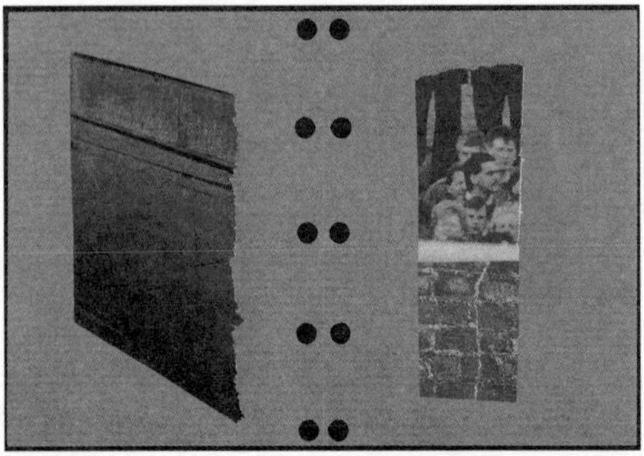

沒有比秋天更適合談季節的顏色。

接近十月底，樹葉的顏色正由鼎盛朝向衰敗，到處看去，是紅色、黃色、棕色和綠色。開車出去，開發區之間的樹林大片紅綠交錯，高峰已經過去，仍然最後的顏色懸盪在死亡邊緣、睥睨過去和未來，只有現在。

顏色四季都有。春夏花紅草綠，陽光下各種顏色蹦出來，躍眼得像金屬敲擊。但是顏色雖然搶亮，一樹花一叢花，兩樹花兩叢花，還是小頭小臉，要像野外大片飛揚的黃草或罌粟花，一路高歌到遠方，那才是動人。

秋天的顏色不在多，在氣勢。紅葉瀝血而黃葉朝陽，滿山遍野。天地顏色由眼睛直到脊椎骨，一種英烈的生機使人倏然明亮、清醒，好像生出什麼大志。這時到密西根的休倫河上泛舟，或開車沿赫德遜河北上，沿岸的層層顏色是光在樹葉上燃燒，遠遠到天盡頭。在這燃燒裡是什麼激烈決絕的東西，不是優柔寡斷，是敢愛敢恨的不顧一切，讓人想起革命的拋頭顱灑熱血，和對面另一個極端，頹廢的激情。看時很清楚，這樣的顏色兩三星期就燒完了，剩下是長冬槁木。

美國北部，冬天剩下黑白兩色。黑是樹木棕黑的骨幹，白是雪色。間雜一些長青樹，像松柏。下雪前望過去枯枝網絡交錯，在寒風中顫動，彷如黑色蕾絲。從主幹的粗壯到細如神經的枝端，那剛柔的對比讓人驚訝。等到雪色征服一切，白之外還是白色，已經不是單調，而是純粹。純白的美幾乎帶著道德意味，隱含完美和嚴苛。然那完美是自己來的，並非出於人的要求。天地茫茫置身其中，只能覺得感動。然後是小孩的淘氣，要涉過雪地破壞完美，像飛鴻留爪。

然而也並不是一味嚴白。雪白到後來近乎抽象，是陽光下的印象。在清晨和黃昏的光裡，在陰影裡，雪的顏色不斷變化，帶粉紅、帶橙、帶青、帶紫、帶灰。我曾寫過雪白是最白的白，想不出有比雪更白的，高山的雪尖襯上蔚藍的天，沒有比這更清爽的組合。換在衣服上，是年輕人白襯衫藍牛仔褲的灑脫。

冬天盡頭，眼睛開始渴望顏色，如皮膚渴望溫暖。三、四月的時候，冬天仍在遲疑，一點暖意在想像和現實邊境盤旋，雪如冰河漸漸退卻，露出凍壓了整冬的枯黃草地。而可能舊雪才剛化盡，新雪又來，白色再度統治一切。然後一個日子，早晨打開門，院子裡竟有新開的水仙，挺立鮮黃，傲然而又纖弱，那彷彿矛盾的品質，像是驚喜就該有的模樣。

水仙是早春的第一個顏色，而那顏色無畏聲音。色彩和聲音的聯想似乎是很自然的，我們說顏色熱鬧，鬧是聲音的形容。水仙有白色、淺黃、正黃和白黃混合，黃色最常見，在人家院子裡，或馬路旁，先於一切顏色，可以看見一片黃艷水仙，在冷風裡搖動。

另一種報春訊的花是番紅花，黃色或白色的小花，貼地生長，不像水仙那麼醒目，但是可愛。還有鬱金香，單莖獨花，一杯杯醇厚的紅色、黃色，高貴如顏色之正統。鬱金香有上百顏色，花籽目錄裡的藍色、黑色和紫色鬱金香，眞的是精醇到像永恆提煉出來的。像水仙，這一帶最常見的，還是黃色鬱金香。

之外有風信子。稍晚水仙開花，纍纍成串的微小紫花，細看如小鈴鐺掛在小莖上，是黃色綠色外的點綴。

開花的樹要數紫荊和茱萸最可看，夏天綠葉滿枝時，我從不注意到這兩種樹。但是春天開花，遠遠便可以看見茱萸的飄逸和紫荊的秀麗，我絕不會錯過。紫荊名紫，但我看見的一律粉紅。我不喜歡粉紅色，過於柔媚，開在紫荊樹上卻另當別論。樹身嬌小，細柔繁花鑲滿枝條，獨立校園或院子一角，無意撞見，在一片冷肅中眞是驚艷。茱萸比較高䠷，美在枝條乾淨無礙伸展，瀟灑不羈，不管開白花或紅花，臨風飄然，再輕盈不過。這時的茱萸像竹子，充滿中國山水畫的靈氣。一棵茱萸便是意境，管他陰天還是晴天。不像夏天木蘭樹開花，濃密綠葉中滿樹肥厚的花朵，完全是油畫的肉感。

曾在早春開車經過賓州，車在和緩的阿帕拉契山間上下，雪已經化光，只有陰影裡殘留一點白色。綠色還沒來，然空氣中有什麼氣息。一片又一片的林子，樹幹森黑，灰色細枝交錯卻有新生葉芽的豆沙紅，淡淡的，遠看如煙，是中提琴的調子緩緩迴盪。晚些發綠芽，一片嫩綠，每片捲曲的小葉如嬰兒銀亮的笑聲。萬物生發，整個宇宙都在笑。那種歡愉，只有經過長冬的人才能體會。

不久前到附近公園，在黃昏裡走過樹林。紅色已盡，最後的黃葉仍在枝頭，滿地落葉沙沙作響，稀薄的樹葉露出挺拔的樹幹，一株株前後左右千百層次，繁複的深度給予視覺強烈的空間感。天色逐漸昏暗，所有顏色慢慢轉青，我們出了樹林，闊蕩的天上是最後的紅霞。到第一場大雪下來，黑白統治天地，顏色便需要漫長等待了。

從我坐的地方透過落地窗看出去，正好是一幅畫。近門的灌木叢，部分樹葉正變成鞭炮紅。退後一點，是煙藍的松樹和黃綠的柏樹。越過鋪滿黃棕落葉的草地過去，直到鄰家的後院，是一片高聳的楓林，秀條的棕黑枝幹逸出紅黃飛揚的葉子，層層林次背後是早晨清和的天光。到了下午，半晴半陰，瓷青的天上有白雲和灰雲，陽光在枯枝後面斜斜照來，雲上一片香檳酒色的光。然後天色漸漸暗了，在黑色的枝椏之後，是半天鮮烈的紅，草地上鋪滿黃葉，好像反光。然後青色籠罩，色調沉下來，房屋樹木變成暗影。天色還沒有黑，是深海的藍。最後，才義無反顧的黑下來。

每天我坐在這裡，陪小箏做功課，看天色暗下去。你看，漂不漂亮？數數看，有幾種顏色？我指給他看，然後我們一起欣賞。

夏日閒人

無雲的晴天。

睡到八點多起床，慢慢吃過早飯，瀏覽過《紐約時報》。漫步到後院，林蔭裡篩下來一點陽光，空氣清涼，鳥聲不絕。擦淨玻璃桌面，由屋內端茶搬書出來，面林坐下。沒事橫在前面，是個清閒的日子。

說沒事，不眞沒事。說清閒，也不眞清閒。要不顧一切，遏止盲目奔走的衝動，才能讓自己停下、靠岸，像「古木蔭中繫短篷」裡的那條舟。那舟主人不但停泊，而且上岸，拄枴杖過了橋。底下兩句「沾衣欲濕杏花雨，吹面不寒楊柳風」，初中時學到並不能領會，但看得見那景致。安閒的景致，楊柳、杏花、明月、小橋、流水，都是詩詞裡停駐時間的意象，時間凝止於一點，然後逐漸渲染、擴散，直到沖淡、消失。那靜止中有永恆。而靜止幾乎過時了，如安閒瀕近絕種。

停靠於現在，或者存在於此時此刻，是最難的事。匆忙的意思，是追趕未來，讓未來取消現在。現在本來是個尷尬的概念。嚴格說來，現在從不存在。當意識認知到

「現在」這一刻，它已成過去。意念表達原本在捕捉過去予以重現，藝術本質上實是與時間拔河。中文裡時間概念模糊，現在與否不是問題。英文裡便很明顯，每句話都必須表明時式，人與事定在一個清楚的時間點上，過去、現在、未來、完成或未完成，不容含混。而事情不是已經發生就是正在發生，英文裡的現在式因此備用成分居多，除了格言或眞理，難得用到。全用現在式寫的小說便很搶眼，那種當即之感格外強，好似新發明。

「現在」在英文裡的尷尬，遠比不上現實生活裡的不堪。農業時代，人隨自然作息，緩慢規律，以日月季節來衡量，時間尺度比較寬。十八世紀工業革命以後，機器加速生產，工作走出家庭和工坊，時間脫離了土地。火車、汽車、電話、飛機進入生活，時間起飛，人人駕鐘錶上那支不停的秒針轉動。二十世紀電腦革命將時間尺度縮小到電子單位，資訊傳遞的速度儼然成為標準，一切模擬聲光化電，而且萬箭齊發。專心一志不再是美德，現代人無法分身但可一心三四用，一個腦袋框成許多格，電腦信息頃刻收發，電視兩個畫面（電影《時間密碼》四格畫面）並行，說話快如放槍，走路有如逃命。時間不但分裂，可說炸得粉碎。

沈復《浮生六記》裡寫靜室焚香：「在爐上設一銅絲架，離火半寸許，徐徐烘之……」現代誰有那閒情？我想了半天，才記起中文裡悠閒、清閒、閒暇、閒散、閒適這些詞。唐詩裡有一首：「雲淡風輕近午天，傍花隨柳近前川。時人不識余心樂，將謂偷閒學少年。」那種「偷閒」，在一分鐘要做十分鐘事沒時間吃飯睡覺度假工作不分的現代簡直天眞。對神經繃緊的現代人來說，工作已經竊取生活，閒不但失去了地位，更失去了意義——「閒」是現代恐龍，占據太大體積。資本主義凌駕全球，而清教徒的工作倫理統治一切：神是工作，閒是罪惡。在瘋狂追趕的現代，閒被驅逐出境。字典裡，「閒」字的解釋應該附加一項：古語，現已不用。

我不是工作狂，但時時爲工作驅趕，彷彿追兵在後，不能鬆弛。腦袋裡多少機關輪軸轉個不停，恨不能有孫悟空的分身術。「閒」字變成和英文裡的現在式一樣，幾乎備而不用。因此讀到朋友信上說：「你過的是神仙日子。」我不禁一愣。是嗎？我每天如陶侃搬磚搬運文字，腦中千軍萬馬仍來不及追趕流星意念，加上嗜讀積書成塔，加上避不了的家常瑣碎，加上不斷滋生的意外雜務，加上厭煩和疲倦，簡直在時間的夾縫中掙脫不出，哪算神仙日子？神仙應凌駕時間之上，浮游於時間之外，以永恆爲單位，哪裡須在雞零狗碎中汲汲營營灰頭土臉？神仙不會苦於「長恨此身非我有」，覺得自己是生活榨餘的渣滓。

所以後院看書狀似悠閒，其實不過是把書房換到外面而已。搬出來的書不是一本兩本，而是一疊。外貌從容心裡卻急，蹤躍幾本書間，恨不能一覽而無遺，最好能大袖一籠，乾坤被我收得乾乾淨淨。古今中外神話裡，中國人的袖裡乾坤最讓我神往。西王母的仙丹，民間故事裡的聚寶盆，阿拉丁的神燈，哈利波特的魔杖都比不上可籠日月山川的一隻大袖。我沒那袖裡乾坤，凡夫俗子只能老老實實一字不苟地慢慢讀。事實上再如何跳躍，好書只能逐行逐字細讀，生吞活剝是騙人的。且不只是讀，邊讀要邊想，有時還得做筆記。讀書不是消遣，而是工作。讀書曾是悠閒的事，當世界沸沸嗡嗡如無頭蒼蠅，獨在房裡看書是多愉快的事！即使到現在，我仍覺得萬事拋下一書在手是最大享受。不過這享受已經不復以前單純：讀書是工作，我喜歡的工作。我總在讀書，旁人也許以為我在休息消遣，其實我在工作。在後院工作，不過添加了情趣。在樹影和鳥聲裡，我幾乎覺得在度假。

確實，愉快的工作和度假有什麼不同？我曾寫過人可以在一個定點旅行，度假不過是一種心境。後院讀書雖然愉快，但那「必須完成」的壓力始終在，不像度假的無重心境。偶爾，不經意間，彷彿雲破天青，工作的重力忽然卸去，閒的心境悄然降臨。譬如我在前院種花，風雨欲來，落葉驚走枝頭颯颯作響，天一下暗得驚人，飛砂走石儼然龍捲風將至。小箏騎腳踏車兜轉回來，指給我看天邊的雲。我急忙進屋拿了相機，攝下那靛青雨雲覆蓋的奇異天光。雨很快打了下來，我們進屋看雨。我忽然有回到台灣的錯覺，好像在四樓公寓家裡看大雨直落而下，回到那時間逼壓之前的年代。去年在台北和朋友約在茶館見面，我先到，選了前面靠窗坐，茶香裡聽大雨急打在玻璃天窗上，在歌樓、客舟和僧廬外，增添上鬧市聽雨的境界。我記得坐在那裡，神馳了。

我想做個閒散的人，但內在一點迷茫的想望使我去追逐文字，不鍥不捨。我極力想挽回閒的意境，想在時間的斷壁殘垣裡挽救失去的神廟與劇場。我想要放鬆自己，提醒自己不必時時枕戈待旦分秒必爭，不必總要征服世界。暑假開始，我終於走出書房到荒廢兩年的院裡拔草種花。有一天，和妹妹出去吃了頓長長的午飯。一個週末傍晚，我們全家到紐約中央公園聽一組阿爾及利亞樂團的戶外音樂會。鋪了大毛巾坐在草地上，四周高樹參差蒼鬱，略悶，微微有風，光緩緩暗下來，神祕充滿生命悸動的音樂和歌聲帶來香料與駱駝、面紗與手鐲、流浪與征服、信仰與感官的想像。另一個週末我們到麻州西部柏克夏去玩，再一個週末我們到不遠的海邊小鎮去……我們應該多一點歡樂，多一點閒情，我們告訴自己。

於是我和小箏坐在後院，桌上攤著書，環視秋海棠和紫羅蘭盆栽，微風吹動樹梢，松鼠跑來跑去，蟬鳴陣陣，鳥忽然起落。在美好的景物裡，時間似乎安詳擴張。我好像有許多時間，緩緩由指間滴漏。不要問我現在什麼時候，不要問我成就了什麼，現在是夏天早晨、黃昏、晚上，是樹下、海邊、電影院、咖啡館，是烏龍茶和綠豆沙、葡萄酒和迷迭香，是隨風消散的時光。暫時，我停駐現在，與天地草木鳥獸詩歌哲學同在。我不急於往哪裡去。

在一切消失之前，有現在。

看水的小孩

1

河港碼頭甲板上，兩個小孩伏在木欄杆上看水。

我就要兩個小傢伙這樣看水的背影，我說。拿了相機走過去，他們卻呼叫跑了。跑到凸出水面的看台上，依舊伏住欄杆，全神貫注向外望。

他們看什麼？

2

媽咪媽咪，我要跟你說！媽咪媽咪，你知道嗎？小箏總是說。他要告訴我一些他知道的事，譬如：你知道蜘蛛網上不是每根絲都有黏性嗎？你知道有種魚下眼皮會發光嗎？你知道火星最高山奧林斯曼山高到大氣層中，如果去爬要帶氧氣嗎？你知道鯊魚嘴裡有兩副全套牙齒，前面那副掉了後面那副就推前取代嗎？你知道嗎，媽咪？你知道嗎？他十句有九句這樣開始。

不，我不知道，我說。眞的嗎？我說。從孩子身上習取新知是多大的喜悅，我想。而有時，聽小箏說著說著我就出神了。我無法維持他那種驚喜和專注，我已經知道太多（雖然也太少），對萬事萬物的神奇之感太快就飽和了。

3

我看兩個看水的小孩。他們看什麼？

我將自己降到他們的身心高度，看見大片燦爛的水，水上藍色的天，水面浮游的加拿大雁，對岸搖動的枯草，草後零星的房子。對他們，那水只是水，在語言分化以前的混沌狀態。將來他們恐怕不會記得這水和那水有什麼不同，正如不記得這天與那天有什麼差別。這片水流入另一片水，這天流入另外一天，他們的世界是流動的，一切圓融無間，懵懂而完整。

4

一位法國詩人說：「兒童看見世界原來的顏色，眞正的顏色。」我馬上就想到小箏。

記得一天下大雨，下午放學的校車已經過了半天，還不見他人影。我到窗口張望。看見他站在街角，不知在做什麼。又過了彷彿很久，我到門口，看見他慢慢踱下人行道。我開門叫他趕快，他才加緊腳步，不慌不忙穿過院子，全身滴答站在門前。我開了門，他外套濕透，站在那裡抬頭看我。待罪的眼神說明他知道媽媽生氣了，因此不敢就進來。然而他沒有愧疚的意思。臉上是無辜的神情。他只是站在那裡，等候裁決。

我像任何一位擔心的母親責備他不該淋雨，諷刺他也許不夠濕應該再去淋久一點。然而裡面那個小孩的我祕密在笑。我可以想見他站在街角看街邊水如急流沖下，瀑布般瀉進下水孔去。他曾向我描述那奇觀，一如他描述許多其他奇觀：風吹樹動好似天地在搖、路邊一個積水小洞奇怪深不可測……他總能在下了校車和到家短短的距離裡發現神奇，興奮向我報告，或展示他新發現的石塊、瓦片、斷枝、尼龍繩、破手錶。冬天酷寒的日子他一樣從容「遊山玩水」，兩分鐘的路程能走上十五、二十分鐘，凍得手足冰冷，鼻尖兩頰發紅。

5

我幾乎不再想到童年。也許因爲小箏，被迫走到童年的對面去，扮演成人。然而小箏如何能承擔我這麼多的推卸？我們如何能老去而不離開童年？

我們怎麼從小孩變成了大人？多麼奇怪的過程，這樣不自覺，幾乎是盲目的就走來了！然後我好奇起來：意識如何通過語言的分化而進化，像生物學分類的界門綱目科屬種？我們如何知道了遠近輕重？

我委實不記得童年印象裡的第一片水。記得金山租來的住屋後院一口井，拿桶取水時井中反映的天空；記得海水在沙灘背後一片閃爍白亮；記得颱風來時匯滿街道的黃色洪流；記得夏天暴雷迅雨的聲音。而八歲的小箏已經走過許多次大西洋和太平洋的海灘，在洛磯山分水嶺上獵獵作響的風中瞻望過峻嶺崇山。他會記得嗎？

6

小箏爲我們重現童年世界。

他早晨起不來怎麼催都無效，要我用他的塑膠螳螂、青蛙或同睡的兩隻維尼小熊說話逗他，才在笑聲中醒來。他房中一地玩具，我們看來亂七八糟，其實是他精心佈的陣，每隻怪獸、每艘太空船、每個小人或好像無心掉落的紙片、迴紋針，都各有深意。倒翻的小椅子是他的雄偉建築，地上的白色椅墊是浮游海中的冰山。我不小心踩到一枝鉛筆，他說我踩到了火箭。他跪坐在地上全神貫注看書，或躺在地毯上抓著一隻塑膠蜘蛛喃喃自語，或他跟著音樂全屋蹦跳，或忽然無來由就大笑起來。當然那大笑有清楚的來由，可能是他想起維尼小熊講的一句呆話，或某部電影錄影帶裡的一個鏡頭，那笑一發便不止，他笑得彎下腰去，癱在地上。我笑看他，看這神奇的人種。多少次他倔強不可理喻讓我狂怒，然而他銀亮的笑聲，他仍然如天使的容顏，他的無知無垢和無憂無重，化去了我舌尖的質疑。何必嘆息「良辰美景奈何天」？何必追求來世永生？他讓這一切暫時都顯得荒誕可笑。

7

法國哲學家巴克拉德《夢幻的詩學》裡，有一章專談臆想童年，有句一針見血的話：「童年是一種心境，永遠在我們心中。」

如何形容那童年的心境？鮮明如在目前而恍惚不可得，誘你掉頭正視卻又逃逸無蹤？

我不能任意便回到童年，像孫悟空觔斗雲一駕便回到花果山。隔著記憶，隔著更無法越渡的遺忘，童年眞的像史前遺址。我知道久遠以前有一處失落的文明，在長草和亂石之後，在長天底下，不是漢唐希臘羅馬的偉大盛世，而是無關人工建樹和意識栽培的小山小水小風小雨，鮮明而又迷茫。我知道。而在難如夾山海以超越和容易似回首一瞥之間，我並不能每次都循路回歸，以心靈之眼在成年的疆土上重建童年的村落王國。

我甚至不能輕易便記得初戀的感覺。必須藉由文字和音樂、影像，忽然才越過那無形障礙重新回復一種身心滌淨通透的狀態。那片刻喜悅只是靈光乍現，然後成人世界的膜再度封起，那祕密花園又一次將我們棄絕在外。直到我望進小箏的眼睛。

8

「你的皮膚，你的微笑，那是家。家。」

美國作家艾莉斯．霍夫曼的回憶錄《在翻譯中失落》的句子，我在筆記裡抄下。

霍夫曼是波蘭猶太人，童年時移民到加拿大，從此她在兩種語言文化的傾軋中成長。童年必然是生命在時空中的雙重放逐，對她尤其如此。多年後，她和青梅竹馬的戀人在紐約重逢，兩人在時空錯位的驚訝中又無比熟悉。他家當年移民以色列，現在他已有妻有子。唯獨他不愛妻子，面對霍夫曼彷彿時光倒流。他說：「你的皮膚，你的微笑，那是家。家。」我眼睛忽然濕了。家鄉、樂園和童年結合爲一，是生命中永遠無法挽回的失落和惆悵。故國明月，千里鄉關。家，一字而千言萬語，愛與死，擁有和失去，盡在其中。詩歌、藝術、哲學和宗教，不都是尋找心靈家鄉的不同聲音嗎？當人一意以爲展望將來其實卻是不絕回首過去時，能不吃驚嗎？

最近我終於由層疊的英文書中回到久違的《論語》、《莊子》、《唐詩》，那感覺眞好。在舊文學古詩詞裡，在親切的母語裡，我忽然記起了自己的來處，那歷史久遠的精神腹地再一次展開。我竟已流浪了這麼久，而我不確知是爲了什麼。

9

我們一再重複教小箏：現在是爲未來做準備。同時我恨自己說的話，清楚記得當年成長過程中如何一次又一次詰問：爲什麼生命不能是現在而必須是未來？爲什麼現在是爲未來做準備？

當年的疑問其實便是否定：我極於掌握屬於那一刻的現在，隱約已知每個現在將迅速逝去。我要現在！然後我便已經越過那現在到了未來，這現在的現在。無數次與小箏氣餒爭執到無話可說，只能暗自替他恐懼將來。你不想長大去賣麥當勞或收垃圾吧？我們幾乎是威脅的問。不想，他說。然而那軟弱的語調一無志氣，更無憂懼。他號角未響，大軍尚未起程，有什麼必要關心將來？他還在童年的花園，世界充滿了玩具和糖果、遊戲和幻想：他正努力過他唯一的童年。他不知他心目中的嚴厲母親，其實苦心要給他一個快樂的童年。

10

我看這三個在院子裡笑鬧飛跑的小孩。

六歲阿心的長髮飄在背後，毛毛三歲彷彿成熟的笑容裡有點若有所思，小箏八歲的臉仍然圓熟如水蜜桃。他們穿過草地，在這端消失立即又在另一端出現。空氣裡是銀亮的笑聲，一組小喇叭小鼓的樂隊遊行過空中。陰沉的天色立刻就變成了好風好日，生命彷彿揚揚待發。我拿相機跟在後面，帶著淡淡感傷的微笑，惟恐錯失的不斷按快門，試圖捕捉這刻他們仍然高張的童年。同時，我眼光已經躍前看見了他們成人的未來，那些欲望、理想、追求、熱情、歡笑，以及必將橫亙在前的阻礙、失望、傷害、無奈，種種。時間將飛逝，且不再以流水射箭的速度，而是以電子的速度。他們在一個急速、加速、再加速的時代，記憶將趕不上遺忘，一切永遠在失效、過時、作廢。定住我，定住我讓我停止旋轉、停止消失！將來他們會這樣迫切呼喊，而正如我們現在不知如何停駐，他們不知如何緩慢。世界總是更好又更壞，他們將會明白兩點之間從來不是直線。

11

童年是一種心境，也是一種生命中暫時的文化奇觀。持續的童年是種畸形，如不死的生命。天眞未鑿的另一面，是無知的殘酷。無知於哀樂本身，無知於隱藏的奮爭，所以才能毫無保留的快樂。王鼎鈞乾脆說：「童年是生命中的遺憾。」

而小箏說：「我要永遠做小孩。」意思是說他愛家，愛玩具，愛所有現在的一切。我也曾有相同渴望嗎？爲什麼我一點都不記得？

他熱愛搜集地圖，無論到哪裡第一件事就是尋找地圖，哪怕所在只是書店、旅館、圖書館。他急切要知道自己所在的地理位置，而對時間卻十分茫然。未來和過去一樣騰在雲端，彷如虛構，只是稀薄的想像。一直到最近，我才發現閱讀地圖的需要，才認眞買來一本世界地圖研究。之前我從不愛看地圖，儘管一轉身就迷路，我知道我在這裡，雙腳踩踏的地方，而這便已足。但我記得急切要長大，以爲長大是唯一可以抓住現在的途徑。因爲在這個年代，甚至更早以前，童年並不理直氣壯，而是可以隨意消耗爲任何目標犧牲的東西。童年是障礙，是負擔，是無力和無助，是生命無法逃避的過程，如此而已。

童年成爲一種權利，一種不容漠視的機制，和統治多少兒童和父母的百萬企業是二十世紀美國資本主義下的產物。童年的天眞成爲生產線上時刻的創造，童年的快樂是統一的商品。

我和小箏間不斷重複這一幕：小箏仔細研究玩具目錄，然後告訴我他要這要那和那和那和那，然後我說不好不行不不不。

12

想像小時對水最初的認識：清涼、柔軟、沒有形狀、從手指間流過。水就是水，單純、抽象、統一。然後怎麼分化？怎麼學到了各種各樣的水、從雨、霧、冰、雪，到水溝、水窪、池塘、沼澤，到江、河、湖、海、洋，然後這些水形水域各自有了名字、地點和傳說、想像。五大洲三大洋，多少的陸地多少的水，多少大大小小重要不重要的地理和歷史！

我們曾漠然強記那些陌生近乎無意義的水名、山名和地名：秦嶺、大別山、巴顏喀拉山、帕米爾高原、雅魯藏布江、波羅的海、尼羅河、亞馬遜河、密西西比河、賓夕凡尼亞、斯得哥爾摩……學習將它們安放在應該的所在。而愛琴海、紅海與我們有何相關？泰伯河、泰晤士河甚至黃河、長江又與我們有何相關？誰在乎哥倫布是否越大西洋發現美洲新大陸？誰在乎地中海沿岸有多少古歐洲文明？誰在乎是君士坦丁堡還是伊斯坦堡？誰在乎巴爾幹半島上有多少小國？誰在乎歐洲統不統一？如果不是在台灣長大，我們會關心這片常在許多地圖上找不到的小島、關心它是否和中國大陸統一嗎？

其實一切都是相關的，需要的是知識。如果我們有足夠知識便會看見一線游絲穿越上下古今，看見現在的點滴破碎無不呼應過去的每一時刻，而懂得在乎，而需要知道更多更多。長大，其實就是學習辨識細節，然後從零亂瑣細中拔起而提綱挈領、分門別類——我們駕在知識的雲背上鳥瞰全圖，我們是那水擊三千的鯤鵬。混沌的對面，因此是一釘一卯的秩序。是為萬事萬物命名，是腦中不間歇的描述和辯證，是：語言。成長，是學會以語言駕馭世界。

13

我看看水的小孩。我就要他們這樣看水的背影，我說。

當時腦中並無相應的詩句，然後在《夢幻的詩學》裡讀到：

「輕柔記起自己消瘦一些的臉

那帶心事的小孩，額頭曾經抵在

玻璃窗上」

即刻喚起記憶裡，小箏幼時凝立窗前朝外望的背影。那景象深深打動我，如眼前這張兩小孩碼頭憑欄的背影，安靜背影是萬端無言的憧憬，那畫面構圖開向廣大的未知，主題不是提供背影的人，而是人視線的焦點，心靈的內在空間。由背影那矮小笨拙的身軀、鼓圓碩大的頭顱，不需要眼神、表情，更不需要語言，童年的無盡憧憬盡在其中。另有一張相片，小箏肥圓安詳的嬰兒小臉在B大手中美不可言。然後小箏說：我能跑這麼快是因為我的腳可以一直踢到屁股！又說：你看你看，你害我氣得忘記你要說的話了！這已是兩年前。現在他說：這是我房間，我愛怎樣就怎樣！又說：你說閉嘴，你不該叫人閉嘴的。他出口多是「不要」，堅信他總是對，一如我當年。

14

碼頭那天的相片洗出來，一張又一張，許多阿心和毛毛伏欄觀望的背影。還有其他：兩人光影斑斕站在一片彩牆前，阿心在店旁倚著街邊圓柱蹺起一隻腳來倒鞋裡的沙，毛毛屁股高翹爬人行道上的靠背木凳，蹲在地上玩小石頭……還有那個陰天，他們出發上機場前在院子裡遊戲的一些鏡頭：在草地上追逐，圍小酸蘋果樹打蘋果……灰沉的天，枯枝衰草，但是多麼鮮艷漂亮的小孩！

仍然，他們憑欄的背影似乎說了最多，關於童年、成長、記憶、遺忘，關於憧憬、快樂。是的，最主要是關於快樂。那是他們觀看的方向。

旅人的眼睛

每個地方有每個地方的眞實，這種眞實只能以生活之眼捕捉，而不能以旅人之眼觀看。

我們在一個地方住了一段時間以後，開始熟悉這地方的季節草木、情事脈動。我們在這地方之內，以居民視而不見覺而不感的無謂切入其中，體會周圍的一切，因爲是局內人，生活在常規中老舊而安心。走過每天走過的街道，進出每天進出的建築，所有細節在熟悉中泯滅，不能描述那個招牌的顏色，弄不清楚巷子裡有幾支路燈，但是那氣氛、節奏、味道、聲音，所有總體在我們的印象裡。我們在印象的混沌中摸索，這感覺是熟悉到再不能熟悉、準確到再不能準確。我們是這印象的一部分，我們知道，不需要去尋找、去看。

當旅人遠道尋訪一個地方，看見的是什麼？到紐約看見帝國大廈、世貿大樓、自由女神、第五街、百老匯，到巴黎看見凱旋門、羅浮宮、艾非爾鐵塔、皇家歌劇院、塞納河，這些名勝古蹟一一看在眼裡，甚至背誦它們的歷史事實，彷彿比當地居民知道更多重要細節。然而正是這種彷彿知道，使旅人所見停留在表面。這是局外人的看，不能在幾天之內吸取屬於一個地方的精神，以當地的山水人文爲自己的血肉質素、風格性情，充其量只能是眼睛的看，也許所見不虛，然隔了一層，見皮不見神。

許多作家寫他們居住的地方，以心靈之眼捕捉眞實。喬哀思的都柏林，懷特的紐約，卡繆的阿爾及爾，白先勇的台北，張愛玲的上海。他們寫的不是外在的音容笑貌，而是裡面的動盪哀樂。

我現在住在紐約附近，文學中有關紐約的描述便比以前切身得多。美國作家約翰·其佛（John Cheever）在日記裡寫紐約：「似乎製造自我中心主義，這需要年輕時的健康和精力，而當年輕的健康和精力不再時，以僞裝來代替……似乎預兆深淵，不時你聽見沉落的人的聲音，看見他們的臉孔。」今年才過世的哈洛·布洛基（Harold Brodkey），在死前一篇散文裡有類似的描寫：「這城（紐約）的邀請的麻煩是你知道你可能撐不過去：在做任何有趣的事之前，你可能溺死，可能跌下火車，不管你喜歡哪個隱喻。」是的，熟悉紐約你便可以感覺到，那使這城市迷人的繁華正是背後致命的冷酷。高樓插天，你必須同時記得它投影的長度。

王安憶的《長恨歌》承張愛玲餘緒，試圖以史筆寫一名上海女人的愛恨，可惜脆弱的故事本身承載不起這樣大的野心。但是她描寫上海的許多片段，大筆縱橫而深入骨髓，是只有長住其中的人才寫得出來，觀光絕對看不到的神貌。

譬如寫上海弄堂：「是形形種種，聲色各異的。它們有時是那樣，有時是這樣，莫衷一是的模樣。其實它們是萬變不離其宗，形變神不變的，它們是倒過來倒過去最終說的還是那一樁事，千人千面，又萬眾一心的。」

「上海弄堂的感動來自於最為日常的情景，這感動不是雲水激盪的，而是一點一點累積起來。這是有煙火人氣的感動。那一條條一排排的里巷，流動著一些意料之外又情理之中的東西……」

有時雖嫌誇張，但是以地理寫心理，由房屋巷弄而至愛恨起落，從格局捕捉一個城市的靈魂，手筆的壯觀在當代文學中少見。

我要以一個居民的身分認識所到的地方，知道那裡的山水節氣，了解在那個環境生活的甘苦。我想要捕捉屬於每個地方的特質，也許是天空的顏色、城鎮的格局，或者是居民的口音。我想要在出發前便略有所知，到時能夠看見內在生命的肌理，而不是遊客一味尋樂的表面。

我不喜歡一般所謂的觀光，然還不到痛恨的程度。六年前到法國旅行，在巴黎街上奔走找尋名勝，好像被誰逼著一站一站往前趕，突然醒悟這樣觀光庸俗而又荒謬。爲什麼總是要跟別人的腳步走？爲什麼凡事必得一窩蜂？最重要的，爲什麼旅行？旅行的意義在哪裡？我不要看大家都看，「非看不可」的東西。我要看我想看喜歡看的東西，以自己的方式，自己的步調。「旅行本身是個自相矛盾的概念。旅行是爲了看，但是看的是別人告訴你看的東西，結果看到別人看的東西，自己什麼都沒看到。」我在那時的札記中寫。

我對巴黎最好的回憶不是到了羅浮宮、凱旋門、聖母院、香舍麗榭大道，而是倚在小旅館房間窗上看街景，或在菜市場上買甜而多汁的血橘，或只是走過街道，看擦肩而過的行人，瀏覽兩旁古老建築，聽不同角落的市聲，吸取屬於巴黎的情調、節奏和色澤。

我喜歡慢慢走過陌生的城鎮，給自己充足時間領略新的空間，讓自己浸透那裡的氣息。我理想中的旅行是慢，是體會而不是觀光。

意外讀到大陸作家張承志在〈如畫的旅程〉裡說「徹底蔑視老外的旅行」，對他的激烈十分驚訝。他的解釋是：「真正有美的有意味的長旅中，應該有艱苦，有飢餓和乾渴、襤褸和盤纏罄盡。路線應是底層民眾的活動線，旅人的方式應當同他們謀生的方式一樣。」

我有時幻想以一種極端素樸的方式旅行，扛個背包，走路、騎腳踏車或搭便車，住廉價的旅館，吃粗簡的食物。不為強調貧窮和受苦的優越，而是為迴避過度舒適帶來的隔閡甚至虛偽。我考慮的是一個旅人怎樣能看到真實的問題，不關係道德、宗教和任何理論教條。

在法國巴尙松時，我們在朋友古老擁擠的小公寓中過了兩晚，隨他們走過巴尙松的街道和公園，見到他們友善親切的朋友。短短三天裡，我們分享他們簡單略微拮据的生活方式，多少體會到那個城市。因為他們，我們不只是純粹的旅客。在巴黎，我記得小旅館的早餐，在廚房旁的小房間裡，幾張小桌子，女侍從隔壁端咖啡、熱牛奶和新鮮的長麵包來，簡單家常，沒有任何豪華的地方。一天我剪完指甲倚在旅館房間窗上，看對面樓裡的工人做工和小學生上課，不小心指甲刀掉下去，落在人行道上，一對男女剛好走過。出乎我意料之外，她撿了起來，看沒有瑕疵便收進口袋裡。我無意中看見巴黎人的實際，好像忽然窺見光亮的窗裡普通的家具，不禁微笑。我們沒錢每天吃法國菜，走過一條又一條街找勉強吃得起的小餐館，小心看門口貼的菜單價錢。試的第一家餐館就在旅館附近，很小，大概不到十張桌子。我們進去時還沒完全開張，老闆讓我們坐下，繼續在餐廳和廚房間忙碌。我們點了菜，從座位可以聽見廚房裡講話做菜的聲音。我不記得主菜，只記得白嫩的豬頭皮切得細薄，用紅蔥頭煎的馬鈴薯從沒有的好吃。在巴黎的窮酸，變成最寶貴，最接近眞實的回憶，因爲接近我們平常的生活。

而張承志的出發點不同。他所謂「有意味的長旅」涉及旅行意義的哲學命題，已經不單是旅遊的問題。他是回教徒，又顯然堅持共產主義聖化勞動蔑視資本主義的思想，對人生、社會的理解抱持批判刻苦的精神。我尊敬他絕對的人生美學，理解他對旅遊的要求，但不能認同他對旅遊的定義。我以爲一個地方的眞實在於一般大眾所代表的常態，而不在底層民眾和格外的艱苦。我固然不齒上流階級的豪華旅行，卻一樣反對刻意襤褸的作態。旅行和生活一樣，一個人所能做到的只是順自己本性。在遊客和平常的自己間，必須有個合理的過渡。

我喜歡旅行。或者說，需要旅行。經常便會有坐立不安的情緒，覺得應該走了。不管到哪裡，總之拔腳離開這裡。而我很清楚問題只在「這裡」和「那裡」，是欲掙脫時空的企圖，是打破現實的渴望。而所謂現實，是物質和心靈無法超越的局限，彷彿天羅地網。我不談時光旅行或永恆，我只談一點叛逆的自由：做自己眞正想做的事。

有的日子，氣溫和陽光正好，和小箏坐在後院，面對一小片樹林和草地，看頂上的天空，在樹枝間飛掠的小鳥，聽蟲鳴和鳥叫，感覺微風拂過肌膚，一邊讀書，一邊和小箏說話，那種從生活和時間走了出去的無重量感，恍惚便給我旅行的感覺。

旅行或不旅行，都使我思索旅行的意義。我想的是旅行的需要和目的：爲什麼旅行？

早先我已經決定人不可能在家裡旅行，因爲旅行必然的條件是離開。也就是，旅行追求的是空間的移動。更進一步說，以空間的變化換取時空的擴張和延長。因此人不可能旅行而不離家，正如不可能既站著又坐著。然而這時我發現，旅行與其說是時空的移動，不如說是心境的變動。旅行不管再怎樣匆忙緊張，因爲是自願而不是被迫，它的快樂來自這種必然的輕鬆之感。而這種卸去壓力的輕鬆之感，不過是情緒的一種變化，有時只在一念之間，和距離無關。換句話說，旅行終極的意義不過是一種心境。讀書、看電影、散步的平常愉悅，無非也就是精神上的旅行。而這種精神旅行的極致便是詩，所以法國詩人保羅・梵樂希（Paul Valery）說：「詩必然是心靈的假期。」像我坐在後院，心神透明如大氣，時空已經不重要。而實際的旅行往往不超越坐在自己後院的興致，只是一場乏味徒勞的過程。

我心目中的旅行不包括艱苦困掙，重要在某種時空的轉換，心理上的更新。像一種人為的，精神的季節。

能在一個陌生的地方，走過陌生的街道，以平常沒有的雍容和悠閒，不急著到哪裡去，只為了「在」——現在，這裡。旅行的荒謬和驚喜在我們必須千里跋涉換取「在」的心境，必須到遙遠陌生的地方以實現生命在現實中失落或從來欠缺的氣象：一種美，一種境界，或竟只是短暫放縱的奢侈，童年的召喚。

回到張承志的問題：為什麼旅行必須有艱苦？生活本身不夠艱苦嗎，需要再刻意去尋求艱苦？旅行消極的意義在逃避現實，走離生活常規小事休息，像下課十分鐘；積極的意義在山川或人文之美中，尋求知識和感動。旅行是由每天的現實中轉過一個彎，氣定神閒，從另一個角度回視。如果可能，我們也願意越出自己，隔一段距離遙遙對看。然則，我們必須通過旅行證明什麼嗎？證明自己不會被艱苦、貧窮打倒？證明自己是生命中的強者，可以死而不可以打敗？還是必須在旅行中尋找某種終極的意義，譬如我是誰？

如果同意旅行的本質是放下重量，爲什麼要給它加上那麼沉重的負擔？我們的眞相，生命的意義或無意義，在日常生活中已經表露無遺，何須刻意去尋找？（又怎麼知道當人刻意去尋找時，找到的是眞的？）除非旅行不過是另一種生活，必須負載生活等量的憂患。除非旅行不是度假，而是生活的另一種進入途徑。如同猶太哲學家馬丁・布柏（Martin Buber）所說：「宗教是一種形式的進入。」

不管旅行的意義是什麼，旅行已經成爲現代生活的一部分。許多人在度假時，匆匆趕到目的地，在一番精疲力盡旅遊之後，又匆匆趕回來。我不喜歡這樣的旅行，卻不免落入這樣的旅行。正如旅客最討厭看到別的遊客，自己卻不免是遊客。

也許我在讚揚張承志書中表達的剛勁節操同時，恰正落入他所鄙視的那種「老外」典型。而我同意他，在某個程度上，我也鄙視自己所代表的「族類」：膽小溫吞的中產階級。他在〈漢家寨〉裡寫的「八面十方數百里內只有我一個單騎……在那種過於雄大磅礡的蒼涼自然之中，我覺得自己渺小得連悲哀都是徒勞」，給我文字和道德的震動。我想要看到他看到的，不管是山水荒涼還是人文繁華之中，我想要看見底下，那眞正使世界美醜的東西：生命的基本元素。

旅行回來，我總問自己這問題：看到什麼？爲了看到特地做給旅人看的庸俗而失望，而生氣，然後嘗試在浮面印象中，萃取背後一些樸直無華的東西，譬如那些和觀光客無關的住宅區，或雄偉大道以外，不引人注意的斑駁邊牆、破落小街。旅人的眼睛要求新奇，要求戲劇，要求娛樂，日常生活裡所沒有的種種。而我，我要來自眞實的感動。我要歷史，要生命承受時間的重量和力量，要視覺和超越視覺的美感，然後，我要在所有的拔起和跌落、蒼涼和輝煌中啞口無言——不再是旅人，而是進入了時間，成爲那個地方的一部分。

卷五

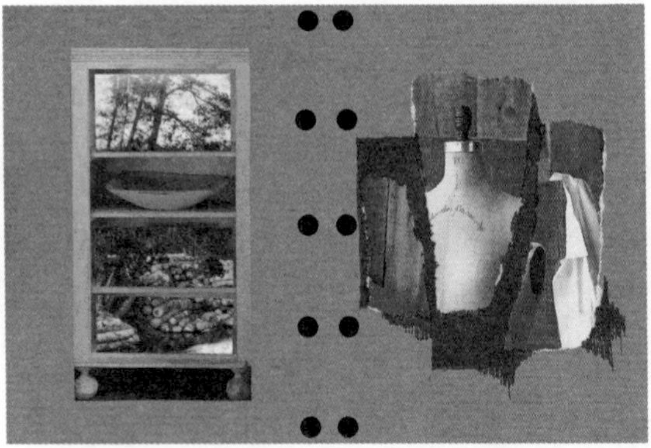

週五夜色裡過橋

橋在翡海芬鎮，跨納佛辛克河上。

六月初，那天星期五，天氣出奇的好，陰雨了一個多星期，空氣始終濕冷，讓人也懨懨的。而那天不但晴暖，空氣清爽，還微微有風，是那種漂亮到可以裱起來供進美術館的日子。整天我從書房看見外面陽光明亮，簡直像獸想出去野。

這樣的日子不能糟蹋，不能像平常一樣就過掉了，我想。不僅因爲天氣好，也因爲是星期五。

週五是一週工作結束休息開始的時候，是猶太教裡的安息日。友箏星期五放學回家就歡呼，到星期天晚臉就垮了。我痛恨星期天晚上，因爲明天就是星期一，他總說。記得在安那堡唸書時，到了星期五黃昏心就躁起來。平時出入教室圖書館的學生卸下囊鼓的背包，成對成群上街去，約會、上酒館、上餐館、聽音樂會、看電影、開派對，或單純在外面閒晃。館裡酒館裡週五下午關有「快樂時間」，特價招徠，常擠滿了人。我的室友週五晚通常有活動，我就不一定。如碰巧週五晚一人在家，那感覺便近於淒涼。是「良辰美景奈何天，賞心樂事誰家院」，人在異鄉加上落單，週五的寂寞更甚於聖誕節。離開了校園，那種週五夜的騷動便減輕許多，隱約還在，但不免只是另一個尋常的晚上，尋常打發過去。其實心裡我始終眷戀那週五工作結束，可以名正言順去高歌縱情的輕快之感。不然一天過一天，溫吞的日子流入無名的日子，時間眞成了面目模糊的一團。

於是我打電話給B，建議找個水邊的館子晚餐。然後打電話訂位子，那小姐說要六人以上才能訂位，不然去就好了。六點半左右，我們三個大人一個十歲男孩，在微金的陽光裡開車東行往河邊去。我想像坐在臨水的大窗邊，河上金燦燦的落日，港裡的船隨波上下，海鷗飛翔，那麼不管菜色好壞都值得。

館子直譯叫鹽溪烤架，沒有原名 Salty Creek Grill 好聽。不久前週末去，人多，我們不耐等，便換到另一碼頭的館子去。那週五馬上就有桌子，但是離窗很遠的陰暗卡座。至少我面向窗，那大片瀉入的光和林梢的弧線還可看。相當貴，早先從停車場裡的許多名牌車我們就肚裡有數。菜色平庸。我們早已學會，不管價錢，菜色總難免平庸。我叫的魚不堪入口，甜點分量過多。我好奇打量其他食客，似乎沒人比我們瘦長清雅的中年女侍更堪玩味。

吃完我隨友箏到碼頭邊，空氣裡是水邊熟悉的腥味。天色漸漸暗了，我們四人走路過橋。西邊仍有微光，東邊水天一色靛藍。一艘遊船漸漸遠去，一艘小艇停在河中。涼風陣陣，左岸樹林是一片黑色剪影。橋上有些人釣魚，不時車輛轟轟而過。橋身中間以鐵齒銜接，可以打開升起讓大船經過。我們曾在高地鎮見橋摺二立起放大船通行，十分新奇。不管什麼橋，從跨河而立到橋身造型，總帶著無限趣味。友箏在前面跑跳，但凡出門他必精力充沛，上館子也必跑進跑出。過橋後馬路沿河而行，經過深藏林間的遺世小鎮。我們走不遠便掉頭，友箏喊要一直走下去。B卻急著要出清晚餐灌下的啤酒。

去時牽B的手，回程牽友箏的手，閒閒說話，看左右天色水色，聽友箏唱走調的歌，看水上船隻，一艘馬達小艇飛快馳過橋下，艇上女人的金色短髮飛在腦後，美妙安詳。正是爲了這樣時刻我想要把握這週五晚上，也正是在這水色天光裡才覺內在有所鬆緩。安那堡的校園日子已遠，而中年一事無成的傷感常在，好像沒有一種成就達到想像的高度，沒有一種快樂可以直追童年，沒有一種解釋回答疑難。仍然，走在六月微涼的橋上，天水開闊，暫時忘卻一切。那水天之藍，深湛如凝鑄時間，我不知怎麼叫它。六月夜納佛辛克河上之藍？其實近似我喜愛的一件絲襖顏色，只是絲襖的藏青沒有那透明和廣闊。好像天下沒有任何品質，比澄淨寬闊給我更強大吸引。

一個時刻總隱含了所有其他時刻。那週五晚在橋上，我想到永和多年前的中正橋，小時初見以爲寬闊壯觀；想到不再年輕飛揚，不再天眞爛漫；想到那刻走在橋上，便是一種浪漫。

不要問我現在什麼時候，不要問我成就了什麼，

現在是夏天早晨、黃昏、晚上，

是樹下、海邊、電影院、咖啡館，

是烏龍茶和綠豆沙、葡萄酒和迷迭香，

是隨風消散的時光。

鳥籠

1

畫條時間軸線，是爲年表。紙上清楚一條直線，好像空間裡眞有條線貫時間而下，每個時間的行進都在那線上留下一點，像收銀機會發出噹一聲。等必須回憶某事在什麼時候發生，才驚覺空間裡並沒有那條筆直清楚的線，每個消逝的時刻並未在那條隱形的線上留下隱形的點。時間如空氣，而歷史如水銀瀉地。

時間是個概念，是人據以理解次序的方式。或許可說，時間是人的發明。時間留下的，是腦裡複雜的貯存程序；不是一條線，而是散漫的點組合起直線的概念。薩柏德在小說《移民》裡兩次提到：「其實沒時間這東西，時間只是靈魂的悸動。」有本新物理書乾脆宣稱時間不存在，一如波赫士在短篇小說〈特龍，烏克柏爾，歐爾比斯，特爾提爾斯〉裡寫的，時間無非是不同的哲學理論，譬如一說時間不存在，一說所有時間已經逝去，一說時間有時存在有時不存在。

2

帶友箏到圖書館，借來的書裡有本兒童二十世紀史。雖是爲他借的，其實是我在讀。將那如桌面大小的書攤開，重新飛掠過二十世紀。一九一七年俄國大革命，一九二二年愛爾蘭獨立，一九二三年土耳其獨立，一九四七年印度獨立，一九四八年以色列建國，一九五〇年韓戰爆發，一九六三年甘迺迪被刺，一九六六年開始十年文化大革命，一九六九年阿姆斯壯登臨月球，一九八九年柏林圍牆倒塌……。都是我腦中未存的數字。早晨讀報，面對世界的新戰事新災禍，我簡直是手無寸鐵。每天，好像得將世界重新學過。

我讀厚重的歷史書，也讀友箏的口袋兒童本歷史。裡面載滿日期和地點，某年某月某日在某地發生了某事，像天在上地在下火是熱的冰是冷的我的鼻子不長在你臉上那樣一清二楚，像科學一樣客觀雄辯。讀史給人一切鞏固的錯覺，那些該發生不該發生的已經發生，載諸史冊，蓋棺論定，不會再變動了。儘管歷史學家終於覺悟所謂歷史只是通過每一代詮釋的結果，歷史隨時間而不斷改寫，我仍然喜歡歷史書歸納組織後的清晰。「一八六七年馬克斯宣告資本主義無望。」或「到一七五〇年巴洛克品味已經過了巔峰。絕對君王和封建地主仍將主導歐洲社會，但貿易和科學帶來的求變勢力，如中產階級、理性、鄙視教條等已逐漸加強。」或「一九一七年以後，共產主義轉變俄國，美國躍居國際強權，一向為西方文化中心和代言人的西歐式微，加上人類科技突飛猛進，一九一七年可說是西方局勢的轉捩點。」那彷彿囊天下於胸壑的句子讓人安心，像刻在石上不容也不需要懷疑。我總願望是那宏觀古今的作者，下筆而有歷史的分量。

3

古中國人以為天圓地方，世界有九洲。馬可波羅東到大都，鄭和下西洋遠至非洲，哥倫布出發去尋找印度而發現美洲。自古以來，人總在探索、發現。

丹尼爾・柏爾斯金的《發現者》是部描述人類追求知識的歷史，裡面有這樣句子：「比知識更迷人的是以為知道的幻覺。」我沒有這樣幻覺，自知我的宇宙是大霹靂後物質還未組成星雲前的一團混沌，盤古尚待出現以加開鑿。我的地圖不是煙雲山水，便是沒有固定座標。參照我的地圖去旅行絕對迷路，找不到目標外甚至可能忘記自己是誰。

十八世紀林奈發明分類法前，人眼中的生物世界是什麼樣子？我記得初中學生物界門綱目科屬種，新奇極了，然一時還不能理解那以層次規範生命世界的秩序之美。耽於秩序，追求解釋，仍得等我長大以後。生物大系如生物本身不斷演化，當初動物界和植物界二分簡單明瞭，然後變成紅色藻類、綠色植物、棕色植物、動物和菌類五界，最近再修正成細菌、無核細胞生物、有核細胞生物三界，有核細胞生物再分爲紅色植物、綠色植物、棕色植物、菌類和動物五門。然我無法擺脫原始動物植物的簡明二分法。新分類法太複雜了。我對生物世界，其實對許多事的理解，都還停留於嬰兒階段。

曾有很長年代，人以嬰兒之眼觀看世界。另有很長年代，人箍在一套價值體系裡幾近盲目。柏爾斯金寫道，托勒密死後，有一千年之久（西元三〇〇～一三〇〇年），全歐陷入知性貧血。基督教的宇宙觀駕馭思想和想像，所謂知識只是基督教信條的回聲。那時的地圖儘管各式各樣多采多姿，驚人的是大同而小異。再怎麼自由的想像仍逃不過「人和地球是宇宙中心」這一「知識」的界定，而伽利略和哥白尼只能是異端。鄭和之後艦隊解散，造船技術失傳，只因儒家士大夫眼光越不過三綱五常的倫理疆界。

史書、地誌和遊記，有時身分重疊，難以分辨。

4

有本書《地中海──一種文化景觀》我一見就喜歡買下。絳紅布面，中間方塊是圖和書名、作者名。圖畫的是幾艘白帆船航行灰藍色海中，對應絳紅十分漂亮。而更吸引人的是內容。

很難歸類這本書，不單純是歷史、地理、神話、旅遊、文化或散文，而是從史實出發，以宏觀的角度、詩意的文字，對地中海的政治、文化、地理和歷史的縱橫考察。與其說提供精微的細節，不如說創造一種氛圍、一種鳥瞰。分三章：日禱書、地圖和詞表。開篇句便設定了全書主調：「讓我們以選擇一種出發點來開始這地中海之旅：海岸還是景致，港口還是事件，航程還是敘述。」爲什麼這些詞組彼此對立？也許是這些配對的名詞給我由衷的吸引。往下讀更多的對應詞組出現：陽光與海洋、氣味與顏色、海港與船隻、現實與幻想、生命與夢想、議場與迷宮、雅典與斯巴達、歐洲與非洲……一樣讓人耳目一新。

「地中海不單純是地理而已。」作者說，「它的邊界既非由空間也非由時間劃定……地中海不單純是歷史而已。」

對外人來說，地中海是一種藍、一種氣候，不然是一種生活情調。而地中海遠非神話和度假。直到近幾年，因爲巴爾幹半島種族屠殺和歐洲經濟統一，加上對東方的自己沉浸西方文化的自覺，我終於有了理解歐洲的急切。像威廉・麥克尼爾的書名《西方的崛起》（無異《東方的沒落》）對我幾近棒喝，在地圖上發現歐洲的實際大小（整個歐洲加起來不過美國大小）給我前所未有的驚異。我們，全球，不管在哪裡什麼種族膚色語言信仰國家，我們生活在「西方」。這「西方」是歐洲的產物，而歐洲在地中海誕生。那由海中泡沫浮起，現身於巨貝中的維納斯不啻地中海的象徵。

「地中海不止是絲路所經，同時是鹽和香料、琥珀和飾品、油和香水、工具和武器、技術和知識、藝術和科學的路徑交集之處。希臘商業中心是市場也是大使館；羅馬道路傳播權力和文明；亞洲土壤提供先知和宗教。」所有歐洲精華：猶太教、基督教、回教；猶太法典、聖經、可蘭經；雅典和羅馬、耶路撒冷、亞歷山卓、君士坦丁堡和威尼斯；希臘辯證法、藝術和民主政治；羅馬法律、議場和共和國；回教學術；普羅旺斯和卡特蘭的詩歌；文藝復興時期的義大利；許多時期的西班牙；亞得里亞海的南斯拉夫人等等，都在這裡。民族與國家、政治與地理、經濟與藝術在這裡交織，過去織入了未來，也就是我們的現在。

這麼一小塊地方如何成了世界主宰？埃及、印度、中國和回教文明到哪裡去了？東方，現實和傳說中的東方何在？

5

不知歷史，不知地理，不知數學，不知物理，不知動物，不知植物，不知事情的來龍去脈，一個人能無知到什麼程度？我曾以爲希臘神廟原本無屋頂牆壁而盛讚其空前絕後的列柱設計，等發現那些神廟畢竟如同一般建築，只不過木質屋頂牆壁爲土耳其人放火燒去，尷尬之餘是大失所望。我甚至一度以爲人類已經無疆域可供征服，所有可發現須發現該發現的已經發現。

報紙上，以色列和巴勒斯坦和談再度失敗，印度和巴基斯坦、希臘和土耳其仍相恨入骨，巴爾幹半島風雲未定，俄國與車臣戰事持續，台灣與大陸勢不兩立，古巴仍苦撐共產主義，墨西哥剛掙脫半個多世紀的極權統治，愛滋病在非洲蔓延，美國境內種族仍是問題……無數正進行的歷史，我從不能說理解。

人類如何從草莽到文明，從無明到創造？地球曾是扁的，後來圓了。愛因斯坦說宇宙是圓曲的，物理學家最新說法是平的，宇宙像玻璃一樣平。史上最巨的書不是《永樂大典》或《大英百科全書》，而是解讀基因密碼的生命之書。現實不是外在的聲色觸味，而是電子擬似的聲光世界。讀再多書仍不免大惑不解、愚蠢無知，每本給我知識的書再一次印證我的無知。面對整座書店整座圖書館，有時我興奮如待戰的武士，有時如不能再多承載一根草稈的駱駝。

而不管讀多少書，世界轟然如雪崩，我口眼睜大，來不及逃跑，只能驚呼。

6

無知是疋廣大畫布，知識與想像在其上織錦。

薩柏德在《木星之環》裡寫：「我曾想像鳥群飛翔的路線將世界連接在一起。」回應波赫士所寫：「有時幾隻鳥、一匹馬，將圓形劇場由廢墟中救了出來。」神祕美麗的意象，詩意而又確切描述這脆弱如蛛網、我們不可知的世界。

我一直想買只鳥籠來吊在後院樹上。不為養鳥，只為好玩，像「趣味裝置」。也許只是想看時間像空氣穿過，給「捕風捉影」做註。

一個時刻總隱含了所有其他時刻。

鐵鍋與平面人

那日煮湯，取出不常用的鐵鍋來。白玻璃爐台上站了只黑沉鐵鍋，陡然木訥起來。此外還有點難言的不同，過半天才醒悟是時空表情變了。那鐵鍋把過去帶到現在來了。

平常爐台上的炊具不管是不鏽鋼鍋不鏽鋼壺，總亮閃閃帶著工業時代的金屬光澤，乍然擺只粗黑笨重如鐵器時代的鍋，近旁時空似猝然減速停頓，蒙上暈黃，轉向回到了過去，譬如工業革命前，一切物品都還是天然材料手工製造的時代。甚至不須跑那麼遠，像小時家裡一些圓凳雖粗，卻是貨眞價實的木頭，不像後來的家具多是甘蔗板、三夾板貼木皮、或是鋁和塑膠組成的貨色。除了母親一塊木料厚實的舊砧板，我不記得家裡有任何像樣的原木家具。我成長的時代，已大半進入塑膠和鋁製品的時代。塑膠盆塑膠杯塑膠玩具，鋁鍋鋁便當盒鋁門窗。至少元宵節時還提過紙糊的摺疊燈籠，紅黃藍綠點起來鮮艷而柔和，不小心就燒掉，燒了就沒了，無錢再去買新的。

但凡室內放上舊家具擺設，那時空便即厚實起來。就像穿上舊式服裝，馬上就將人帶回舊年代。這道理富人最清楚，滿室骨董除附庸風雅，更用以炫耀他們藉購買古老以逆轉時間（或兼併過去）的財力。我父母親當年逃難，緊急間只帶了自己，家裡因此沒有任何屬於老家或是帶有過去痕跡的物品。後來父親讓畫師照相片畫了祖父母外祖父母像掛在牆上，我們心理上才隱約與過去有了銜接。我到中年始恍然覺悟共產主義對我最切身的意義（且不論直接關係我存在與否），是剝奪了我和兄弟姊妹日常生活中與過去的直接聯繫。不然在福建生長，前後左右是舊式庭院父老鄉親與地方風俗典故傳說，那種古今連續綿延不斷的時空，必不同於異鄉異地無親無故的時空切片。台灣當然非歷史與人情眞空，但歷史標記如台北幾個古城門，我們視而不見幾無意義。基本上，我們生活在「現在」的器物裡，放眼只有現在沒有過去。過去和歷史於我們完全抽象，是課本裡令人痛恨的死知識，而不是周遭可觸可感的現實。也就是，我們生活在一個平面時間的空間裡。在這層次上，我們是平面人。

平面人借用了一本舊小說的用法，即艾德溫·艾柏特的《平面國》。平面國是個二度空間世界，裡面的人只能在二度空間裡（譬如紙上）移動，也只能理解二度空間裡的事物。我們生活在三度空間裡，比平面國複雜許多。平面國人不懂三度空間，因爲多出的那一向度不在他們經驗之內，無從理解。三度空間物體在他們看來只是二度空間。好比金字塔他們只看得見與其平面接觸的一點或一線。球體只看得見相交的一點，餘則等於不存在。平面人不知自己經驗範圍小得可憐，正如我們無法想像四度空間以上的宇宙。

其實之前我從未視自己爲平面人，不覺得生活在平面時間裡，因書裡全是過去，補充單面的現在，合起來便是立體時間。我眼中的平面人，是生活爲單一面向壟斷的多數現代美國人，包括平面時間、平面生活、平面思考與平面空間，全面的平面。

平面相對立體，如單調相對繁複，貧乏相對豐富。小說裡的人物失敗，平板無生命，叫單面人物。成功的小說人物應該立體，有表有裡，從什麼角度看都姿態活現。合理的時空也該這樣，立體而非平面。也就是橫斷而看有此刻，直剖而看有歷程，歷史與現時混合交錯，上下縱橫形成豐美的時空。譬如葡萄酒，從色澤、芬芳到味道，好酒香醇馥郁如花團錦簇，劣酒則乏味單薄。好茶、好咖啡、好菜都一樣，不管清淡還是濃郁，其滋味飽滿遠近層疊，無法一語道破。因此好糖不單是甜，好鹽也不光是鹹，好水不單是解渴。如光譜有七色，味譜更複雜萬分。若化成形象應層疊有致如含苞待放的玫瑰，可旋轉三百六十度觀看。人工合成味只取味譜中最主要成分，因此糖精、味精調味之物吃起來似是而非，因味道失眞平板了。這種由繁而簡、由豐而乏、由立體而平面的過程，不是改良天然，而是簡化、鈍化、退化乃至醜化。萬能的電子合成音樂是進化？還是平面化？這裡我不禁想到韓少功的長篇小說《馬橋詞典》裡談「甜」一節，提到馬橋人凡是好吃一概稱「甜」，對應西方人無表達辛辣之詞一律喊「熱」（hot），進而談到人的知識盲區。人這種因認識有限導致分辨和表達能力的貧乏，可說是認知上的平面化。正如現代人動輒說「酷」（cool），無所不包簡直不知到底眞義何在，是該說含義豐富還是表達無能？

西方有諺，說上帝不厭過盛，或上帝在於細節，指大自然物種分歧千變萬化。以繁複均衡爲常態、合理，那麼削減到少數、到一甚至到零便是不正常、不合理。生態破壞，主要是物種滅絕與失衡。人類歷史至今加諸於地球的，是不斷由它原本繽紛的錦繡中逐一抽去彩絲，終於花色漸疏漸淡，如人工合成味，如用幼稚園的語彙說話，平面了。美國超級市場裡的番茄淡而無味，雖非人工合成，但已簡化到更似圖片番茄。當生活由工作娛樂休息，縮減成工作工作工作，疲於奔命代替生之歡愉，生活的人情和美學內涵消失，蒼白無味了。墨西哥人有句話說：「我們爲生活而工作，不是爲工作而生活。」恰是美國人以工作爲宗教的反面。

平面化似乎是二十世紀的法則。由繪畫到文學到音樂到建築空間到生活方式，在在都捨繁就簡，化約到只剩表面一層。萬能科技與市場經濟的強大力量將個人不斷壓縮，意義抽空成形式，個人與家庭爲企業吸收，直到我們扁平如皮影。

法蘭克福學派學者阿多諾在《新音樂哲學》中，貶斥單調重複的流行音樂和電視節目腐化蠢化個人。同學派的馬庫色在《單向度的人》裡寫：「產品模塑兼且操縱（個人），造成一種對虛假免疫的假認知。」他認爲工業高度發達文化的科技和富裕，麻木了個人獨立思辯的能力。理性經由科技和市場化身爲極權控制，所謂自由只是個人對社會灌輸全盤認同後的制約反應。單向度思考的單向度個人，造成同步同音的單向度社會。

美國是個乍看繁複，其實充斥大量製造的類型產品，號稱自由的個人只是這大量製造下的一個單位，正是馬庫色所謂的單向度社會。在這平面世界裡，眾多爲少數取代，眞本爲大量副本取代，原創爲重複取代；也就是，價值爲價格取代，品質爲速成取代，藝術爲商品取代，心靈由物質取代，娛樂爲消費取代，思考由資訊取代，直接經驗由間接或擬似經驗取代。換句話說，大家忙於謀生聚財，卻無暇生活反省。

二十年前震撼人的搖滾電影《牆》，以個人的夢魘表現疏離並批判戰爭、暴力和社會壓制，指陳「到頭來個人只是牆裡的一塊磚」。現代這平面世界確實像堵牆，而個人也確實像牆裡的磚塊。二十年前我無法看完《牆》，半途便走了，因受不了那醜惡。現在重看，還是覺得醜惡難忍，但喜歡裡面的藝術表現手法，和絲毫不顯過時的主題。片尾那堵牆塌了，蛆蟲蠕動的夢魘竟以樂觀收場。而震聾發聵如馬庫色、阿多諾諸人的否定美學（否定的哲學能免於自我否定嗎？），終不過止於迴盪學院門牆之內的喃喃自語。

我自己也重複了父母離鄉的路，衣物書籍之外，孑然一身來到美國。現在身邊所有都是和B合力購買的現代物品，像小時的家，我們家裡依舊是個平面時空，除了記憶和一屋子裝滿時間的書。出門則是面具似的郊區，馬路上車輛酣然飛馳不知暮色將至。爐台上一只鐵鍋召喚歷史的幻覺，而這是現在，二十一世紀，資本主義巔峰的平面世界，空前富足而不知所云。玻璃、鋼筋水泥與不鏽鋼，高速公路和電腦，信用卡和皮影人，投射到現代這瞬息萬變的屏幕之上，巨大而輝煌。誰能不匍伏拜倒，呼平面萬歲？

偉大的思想需要充足的空間。

八方遊弋

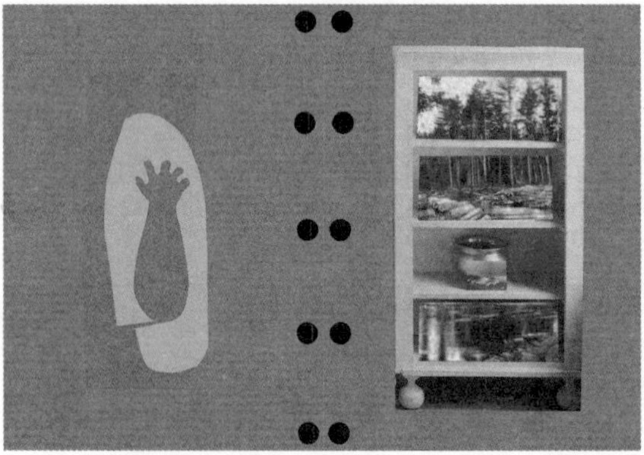

確乎有一個歷程。

——李澤厚《美的歷程》

1

有個歷程，在出發以前。

說出發，到哪裡去？我也不知道。開車上路是出發，讀書是出發，做白日夢也是出發。總之，形與神間必須有一者做某種形式的走遁。《封神榜》裡最有趣的是各種遁法，從空遁、水遁、火遁到土遁都有，讓人神往。

目前，我單人獨坐，呆呆凝視室內一束陽光裡上下飛舞的灰塵，無數光點自由旋舞好似太空中的星球。那柱光塵如一束鮮花，是個美麗奇蹟。

2

讀到：偉大的思想需要充足的空間。當人相距太近，近到可見眼白裡的血絲嗅出呼吸的氣味感到皮膚的熱度，那會窒息思考。我從未想到，吃了一驚。

且說我與古人對坐，人手一杯釅釅的茶，促膝談心。那小小深棕色陶杯在指間旋轉，杯裡一層光潔白釉，茶色清綠，進口先淡香，入喉前一陣遠山塵霧的潤澤沁滿口中，然後甘甜由舌尖泛到兩頰。我像剛在春雨中初初伸展的芽葉，一個想法探頭，仍然怯生生包裹住自己，沾滿雨珠，徐徐舒展，在親如花園的世界，小小想法占據小小空間，慢慢放大，尚不知是否夠格變成思想。也許有天，那小小想法瀰漫過這深夜院落瀰漫過村莊城鎮越過重山和海洋。而這時，不知偉大的思想需要龐大的空間，我在一個窄小房間與古人對坐吞吐，時間在裡面聚集沉澱，我們無所不談，甚至到極小極細，而卻用渾成、淋漓、元氣這樣占據非常大空間簡直包擁整個宇宙的詞。我不能說已開始思想，只浸淫在那些容量很大的詞語裡，像粒灰塵在光束裡飛舞發光……

（不，灰塵不需要祭壇，偉大的思想不需要龐大的空間，輝煌可以有卑微的起源。我只要那些包羅萬象開天闢地似的詞，譬如磅礡、浩蕩、須彌、莽蒼……）

3

遲早，眞理成了謊言，驚嘆號成了問號。遲早，窗戶變成了牆。

手中的筆無心在紙上勾畫，這裡彎彎那裡繞繞，彎成了地圖上暗示驚奇的隱微曲線。經常，我便循這曲線走了出去。

綠的是仙人掌、檸檬、玉米葉，紅的是辣椒、番茄、鬥牛士的披肩，黃的是玉米、向日葵，藍的是水和天，棕的是泥屋、巧克力，芒果橘、茄紫和石灰白的是牆……我走過聖米蓋，這墨西哥的山中小鎮。一絲微笑換回一張又一張笑容煥發的臉，我蹭著涼鞋上市場去，提著菜籃，時間是大把大把的花、辣椒和香菜，空間是無懈可擊的光亮、午後的雷雨和涼鞋踩過的古牆夾道的石子路，教堂鐘聲在透明的陽光中迴盪。

或者，走過東西交會的古城伊斯坦堡，在迷離蜿蜒的街道中走失。到處看去一片混亂，要等眼睛習慣了那些繁雜重複的細節才見出脈絡。清真寺的圓頂和尖塔聳入天際，像是灰燼中長出來的一朵朵菇。空氣壞透，吸多了喉嚨痛。計程車司機勇猛流竄，勝過紐約、巴黎和羅馬的同行。然而這看來彷彿破敗的城市帶著不可言喻的雀躍之情，我對它無剔可挑。市內高低起伏像舊金山，遠離主街是窄只通人的巷弄，兩旁排滿專門招引遊客的店舖。我信步漫遊，一天上坡來到一棟龐大蟻丘似的商場中，裡面大街小巷錯綜複雜有如夢境迷宮。我無意購買，光瀏覽那些堆積的地毯、茶壺、香水和古玩就已足，但那些熱情而又狡獪的店家拉拉扯扯，說：「你隨便挑一樣，賣你便宜一點！」或「我年紀大了，你不會讓我這樣的老人家挨餓吧？」在這片熱鬧中，我終於招架不住買了條小羊氈，橘紅主色織上藍線和紫紅線精細回教花卉圖案，眞是漂亮。必然買貴了，無所謂，我帶那條毛氈回家，一點也不後悔。

又走過，敗落的工業城曼徹斯特。一棟棟的磚樓舊工廠，紡織廠、染坊、化學工廠，各式各樣的工廠和工人住宅布滿城中，遠看煙囪林立，巍然冒煙。二十世紀中期，一位奧國猶太藝術學生到這裡學畫，從城緣一座山丘上俯瞰那盆地上森然豎起的眾多工廠和煙囪，陽光篩過多雲的天空射下來。他震懾了，這城市將他吸收凝結，此後一生，他在一間布滿灰塵的簡陋畫室，站在地上堆積畫漬和刮下來的乾顏料屑中，用厚重的油彩層層堆砌，描畫這在他眼前逐步走向蕭條殘破的城市。我恨一塵不染，沒有比積灰三尺更讓我自在的地方，他說。他不能不畫這灰暗潦倒的城市，晨霧中稀少的行人如鬼影飄移，窗玻璃破盡的舊廠房屹立如廢墟，彷彿那深藏的猶太悲痛在這裡悄然顯現。沒有比這更吸引他的景觀，他的日子將不離酒館和畫室這條軌道，一直到死。

然後，黃沙與紅土，細砂與礫石。正午沙漠的太陽和深山湖水裡的月亮。在撒哈拉沙漠，坐在那個山頭，那個神祕的句子，清澈難解如那藍色天空，那句子說「有時我覺得天空護衛我們它背後的東西」。藍天背後藏著什麼？滿空宇宙的神祕，如果儀器夠好，眼睛便會給我們答案。而所謂答案，天文物理推到大霹靂，宗教推到神，便是一切根源。根源之上必然還有根源，必然超越人的感知和最精密的儀器。當知識撞上智慧最終的極限，那還有什麼？戈壁的夜晚天空低平，滿天星子探手可得。新墨西哥的黃昏，靛紫與橘紅飽和到極限橫跨天際，遠山如墨。我站在暮色裡，彷如古人面對神。

4

窗外，天空飄起了雪。羽片似的雪，衛生紙似的雪，棉紙似的雪，床單似的雪，李白的雪，喬哀思的雪，賈寶玉拜別父母人間的雪，紛繁急落，在想像中放大，彌天蓋地，覆滿一切。所有雪一樣冰冷白色，如普天之下無非黃土。這雪統一了某種想像。

所有冬天凝成一片，除了下雪的冬天和下雨的冬天，白色的冬天和灰色的冬天。然雪不統一空間，如同冬天不統一時間。我們曾在不同年紀不同地方經歷不同的冬天，那雪那冷也就不同。我曾高興穿戴一身到門口鏟雪，在白色飛舞中想到生命種種徒勞的荒謬和尊嚴，想到意義必須自己賦予的眞諦；也曾在完全相異的心境下鏟雪，無能賦予那機械勞動勞役之外的任何意義。我記得密西根長長的冬天，那森嚴到每粒空氣分子都考驗生存意志的冬天。在那冰封的冬天和現在這飄雪的冬天之間，是一千哩和近二十年的距離。

不單是數字的距離。我曾快樂奔過想像的平原，至少現在看來是快樂的——距離的美學，屢試不爽。而現在，在銀行存款和精神存款之間，我忘了該如何計算。設使我們都像以思維爲生活的哲學家，津津批判現實裡的巨細，我必在那批判下面目全非。以藝術爲自我尋找出路，在美的旗幟後隱藏自身，我不是挑戰霸權的叛逆（儘管我一心嚮往叛逆），而是隨時準備夾尾潛逃的懦夫。我應拳頭塞口，瞠目無言，在這積雪不化的冬天。

在這積雪不化的冬天，我緬懷那個勇往直前天眞無邪的自己。這裡，關鍵字眼在那無邪的「邪」字。指的是什麼？知識帶來的墮落嗎？那麼無邪就是無知的歡欣？如何詮釋？像班雅明和阿多諾憤然指陳的，《聖經》創世紀裡亞當夏娃吃智慧果後世俗語言取代了原本完美的純粹語言，從此人由絕對走向歧異、由單一走向對立，而理性主義的啓蒙則導致人由自然走向理性、由自我走向物化，總之皆導向人的墮落。多開人眼界又多極端的言論！我應讚美他們立論偏激大膽，還是指斥游談無根？爲什麼他們不說貨幣出現、價値物質化是墮落的開始？也許在以物易物的時代人還維持天眞，直到金錢介入，人與現實間才出現斷層。也許語言並非原罪，理性和知識也非邪惡，天人分裂得歸咎利益篡奪了意義的那一刻。不過我得承認喜歡那激烈迷人的言論。無須同意，在我的知性花園裡，正反花草必得同時盛放。

完美語言的說法一向給我很大驚奇，即刻反應是：爲什麼必得有一套完美語言？這假設背後出於什麼心理？讀艾科《追尋完美語言》時，我額前始終如車頭遠光燈打出幾哩長的問號和驚嘆號。班雅明說亞當夏娃的墮落是由單一落入歧異，不禁讓我想起倉頡造字「天雨粟，鬼夜哭」的意義。語言，或者，語言所代表的知識，果眞是件可怕的事嗎？「識字由來憂患始」，意味對面無知的完滿。知識是束縛，而非解放？我們進入知識，便也失去了自身原有的自然？我記得友箏嬰兒時的臉，或任何嬰兒的臉，那渾然無知便是大化完成，給我無限驚奇。嬰兒時期人意識尚未萌芽，「我」還沒出現，對立隱於混沌中，天人合一。然爲時短暫，不到一年，友箏的眼神露出了人的慧黠，他的臉也就失去了那動物性的純淨光輝。眼見他由天眞未鑿跌入分歧的人間，我不覺微微惆悵。

5

「不是這，就是那」，齊克果主張。他反對黑格爾的正反合，認爲正反必得擇一，上帝必須來自選擇，而不是兼容。他反對教會，認爲個人直接對神負責。他的哲學歸返基督教於耶穌立教原初的刻苦狀態，課個人的存在以絕對責任：所有掙扎和救贖全在個人。他要求絕對，不容許猶疑不定。愛情與宗教因此只能選一：他爲神而存在。同樣主張存在主義的沙特卻不能容許神存在，因神若存在，一切都已命定，人便無法爲人，存在也就失去了意義。

齊果克偏執，一生思考專注於兩件事上：信仰和愛情。他性情孤僻，卻喜歡在所住的哥本哈根城中散步。散步似乎引發思考，許多哲學家像康德、盧梭、梭羅都喜歡散步，不過盧梭和梭羅喜歡到鄉野去散步，邊走邊想神思特別清楚。我也愛散步，但散再多步也成不了哲學家，不夠智，不夠敏，也不夠偏執。我想的總已有人想過，自以爲全新的發現到頭來終不過是別人的翻版。然而，前人的先見之明若未經過我思我想的過濾沉澱，於我又有何益？思想不是花木，嫁接就可以了。

有件事我總耿耿於懷，西方史上許多哲學家都是單身漢，像笛卡爾、康德、叔本華、尼采、齊克果、史賓格勒等都是。這些人無須養家又未曾爲人父母，有何可以教人？他們哪懂柴米油鹽奶瓶尿布裡焦頭爛額的美學？哪懂愛惘紅塵中眼淚鼻涕得意失意翻滾的美學？除了以毫不可靠的語言建構符號的空中樓閣，他們憑什麼咄咄大言倫理、愛情與美學？現實並非只是語言，符號也不是全部。除了我愛拿哲學來磨刀，想要把自己這塊頑石剉出形狀來，哲學究竟教了人什麼？至少，除了一些聳聽的名詞，我學到什麼？（我知道眞正驅動社會的是概念，哲學因此才是背後那隻看不見的手！）有時想鄉下老農或市場菜販恐怕更有扎實的人間智慧。只是到哪裡去尋找這樣的菜販老農呢？《聊齋誌異》和《紅樓夢》嗎？超級市場裡推車走來走去的兩足動物一式面無表情。

6

沙沙沙，聽到我在這裡蠹蝕書頁的聲音嗎？你絕不會知道我的惶惑。

大量呑食了晦澀難懂的權威文字後，一種像吸了麻藥的飄浮感貫注全身，所有自命眞理的矛盾理論相互衝撞，如不同樂音在音樂中交替迸現，音量忽大忽小，透視的距離也紊亂了，一切忽近忽遠，對錯與眞幻交纏如性交中的肉體，我散作水面的一片浮萍。

我知道不少。不，應說我知道太少。在這彷彿四通八達的心靈界面，因爲窺見「知識」的巨大含量而倏然悟到自己一無所知的虛弱將我全盤瓦解，心思爲恐懼凍結，不敢發聲，怕自己一言一詞不過彰顯愚蠢與庸俗。我坐擁書城而卻自覺虛若中空，單薄蒼白如紙人。功利當道，意義已遁失於語言沼澤。我這裡如絞肉機絞出一團團文字肉屍。我什麼都不知道。我一、無、所、知。

極度的疲倦升起。倦於求知，倦於解析，尤其以語言。以語言而反語言，還有什麼更自相矛盾的事嗎？當語言本身無法透明中立，而必然要在傳送「眞相」時造成實像的偏折或扭曲，文字敘述的是謠言還是傳說？用髒抹布拭鏡，越擦越髒。我不免看見自己在文字迷障中汲汲尋求知識，要藉知識的氣流帶我盤旋上升到絕頂，超越正誤的驗證和冥頑的羈絆，到一種眞空，也就是柏拉圖式的理念境界，而卻發現所謂知識是人我無法逃避的反射折射再折射反射再絞成一團，是不同時代不同面目的自以爲是，其中總有一二高聲拔出嗡嗡喧嘩，如低音鼓聲中射出的一線尖細小提琴，宣稱先知或是卓見，讓眾人俯首恭聽。

和朋友就文學、信仰和音樂、電影而爭辯。多少次，兩條直線由對面出發，敷陳立場演述觀點，越來越近彷彿就要相交而終卻擦身而過。這不是對錯的問題，而是反射角度與程度的問題。我們是不同介質，密度、濃度和清晰度都不同。我們需要先定義自己，以便確立議論的共同基礎。然又不須定義，藝術的領域裡沒有眞理，我們各自與作品對話交流。我厭倦眞理，厭倦霸權。其實不須爭得你死我活，我們對任一創作的感受已加入新的變數，可說討論的對象已不同一。這裡沒有正讀與誤讀可言，到羅馬或到長安都無可厚非，我們不須強加彼此的觀點，盡可各走各的路。而可愛的我們難免熱情洶湧，刀光劍影把江湖鬥成了武林。這些時刻生動定義了你我，將世界無可質疑地一劈爲二：此與彼。與一般的無所謂和陳腐相比，那些時刻確實鮮明充滿生命，好像爭論給了我翅膀，好像我爭故我在。

7

《誘惑者日記》：「當歷史結束而神話開始……」

齊克果爲什麼把神話放在歷史之後？而我彷彿懂得。

歷史的秩序原是理性所強加，而混沌中始終有另一種接近直觀無法言傳的神祕等候那人工秩序倒塌，鯤鵬等候展翅，神話和詩歌等待再起……我懂得在邏輯裡逐步前進緩慢爬行的刻板與徒勞，那由點而線而面而多次元空間循序漸進讓人安心亦步亦趨的鐵枷……而另一個我們要擺脫一切規矩方正，拔腳飛奔。好似由散文而詩、由數學而音樂，兩者相通似一步可跨越，然咫尺千里正是：如何跨越？有個聲音如陶淵明的歸去來兮悄然吟唱：如果能做李白，爲什麼要做杜甫？如果能有尼采與齊克果的奇才，誰要黑格爾與康德辛苦的辯證？如果有道家的飄逸，誰要法家的嚴謹？若能大開大闔，何必精雕細琢？若能圓，何必方？

有如在一蒙昧狀態，遠近奇花異草，擴大的天，擴大的地，赤裸與原始，奔放與歡欣，一個我冀望的境地。歸去來兮……

8

……如果意不在傳遞意念而在激發感覺……如果這些字句只是純抽象的符號只是一串音調與節奏不對應現實世界裡的任何事物……如果只要你在我的胡言亂語中失去秩序失去與現實的邏輯聯繫進入一種昏沉囈語的狀態……如果不要求了解而要求參與……如果追求在字句的奔騰中昇華消失……

平面上兩點間最短的距離是直線，而在愛因斯坦的宇宙裡兩點間最短的距離是曲線。在想像和感覺的場域旅行必須放棄直線，選擇曲線。然當想像脫軌猛衝前去，另一雙眼不斷回首顧盼。要直言如詩人，又要時刻檢點是否合於符節。掙脫的欲望和約束的欲望在那裡爭戰，不斷一步三絆，膽戰心驚。

這彷彿大霧迷茫中，確實有個歷程。可說是美學歷程，求從外在走向內裡、從唯物走向唯心、從單線走向統攝、從秩序走向混沌、從收斂走向發散、從知走向迷、從有走向無的歷程。我試圖打散理論上應契合無間的文字拼圖，發爲一場滂沱大雨。由現實滑入夢境，將實情隱於虛構之中。離棄邏輯，擺脫時間，文字的內涵虛位以待，只有透明的擴張，再擴張，多方蔓延……

9

一天陽光明亮，我帶了相機出去照相。到附近我常去的一處「古蹟」，是棟叫「奎格之屋」的舊農家。這裡我已攝過許多次，春夏秋景都有，但雪景還是第一次。我穿戴嚴密，帽子圍巾手套墊了裡的長靴上下齊全。停好了車，取捷徑翻過停車場邊的積雪堆從柵欄缺口進去。一大片深到小腿的舊雪，表面凍出一層脆殼，一腳一窟窿。天上有翻滾的雲，陽光忽隱忽現。我觀賞腳邊幾叢迎風擺動的枯黃長草，工整中又有點潦倒，每一草莖帶著書法的姿態。我在雪地中走動取景，風冰涼徹骨，指尖漸漸冷得發痛。不遠處靠近入口的小徑上，一位男士遛狗。此外一個人都沒有。

然後有天下起雨來了。陰灰的天陰灰的地陰灰的人陰灰的日子，卻出奇地暖，積雪升起白霧，托起了陰灰托起了沉重，那緩緩飄升的霧氣竟像是悄自蒸騰的生機。

我不知道這些加起來有什麼意義，只在這裡記錄陳列。

註：文中有關旅遊片段取材自湯尼・柯漢《墨西哥時間》、保羅・柏爾斯《遮蔽的天空》和《他們的頭是綠的手是藍的》、薩柏德《移民者》。

智慧田　好評發售中

智慧田 016

末日早晨

⊙張惠菁　定價220元

《末日早晨》以身心病症為創作座標，當都會生活的焦慮移植在胃部、眼神、子宮、大腦、皮膚、血管，我們的器官猶如被我們自身背叛了，於是抵抗一成不變的思考窠臼，張惠菁的《末日早晨》於焉誕生。拿下時報文學小說獎的〈蛾〉、台北文學獎的〈哭渦〉盡收本書。文學評論家　王德威先生專文推薦

中國時報開卷版一周好書榜。聯合報讀書人每周新書金榜

從今而後

⊙鍾文音　定價220元

智慧田 017

《從今而後》書寫一介女子的情愛轉折，繁複而細膩的書寫，烘托出愛情行走的荒涼路徑，全書時而悲傷、時而愉悅，不斷纏繞在戀人間的問答承諾，把我們帶進一個看似絕望，卻仍保有一線光亮的境地，從今而後浪跡的情愛，有了終究的歸屬。

中國時報開卷版一周好書榜

智慧田 018

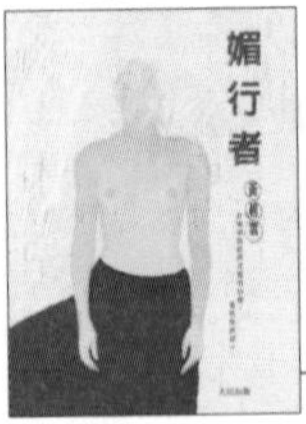

媚行者

◎黃碧雲　定價220元

《媚行者》寫自由、戰爭、受傷、痛楚、失去和存在、破碎與完整。失憶者尋找遺忘的自身，過往歷歷無從安頓現刻；飛行員失去左腳，生之幻痛長久而完全，生命仍如常繼續；革命分子，張狂自由接近毀滅……當細小而微弱的肉身之軀，搏鬥著靈魂存在的慾望、愉悅，命運枷鎖成了最永遠而持續的對抗。

有鹿哀愁

◎許悔之　定價200元

智慧田 019

詩人呈現給我們的感官美學，從初稿、二稿、三稿，乃至定篇成詩的編排裡，讀出詩人對神思幻化的演繹過程，也映照我們內在悲喜而即而離的心思。把詩裝置起來，竟見到詩人在世事的每一個角落裡，吟謳細緻的溫柔，如此情思動人。詩人楊牧專序推薦

智慧田 021

語言是我們的海洋

◎南方朔　定價250元

南方朔先生的「語言之書」已經堂堂邁入第三冊，在浩瀚廣闊的語言大洋中，他把「語言」的面貌提出宏觀性的探討，我們身邊所熟知的流行語、口頭禪：「小氣鬼」、「耍帥」、「格格」、「落跑」、「象牙塔」、「斯文」等等，南方朔先生亦抽絲剝繭、上下古今，道出語言豐碩的歷史與文化價值。

獲聯合報讀書人2000年最佳書獎

智慧田　好評發售中

智慧田 022

鯨少年

◎蔡逸君　定價200元

《鯨少年》創想於九六年，靈感來自一份零售報紙的贈品，一一張錄製鯨群歌唱的CD。小說細細密密鋪排出鯨群的想望與呼息，在大洋中的掙扎搏鬥、情愛發生，書寫者時而以詩歌描繪出鯨群廣闊嘹亮的豐富生氣，時而以文字場景帶領我們墜入了寂寞的想像之島，如今作品完成鯨群遠走，人的心也跟著釋放，一切在艱難之後，安靜而堅定。

聯合報讀書人每周新書金榜

想念

◎愛亞　定價190元

智慧田 023

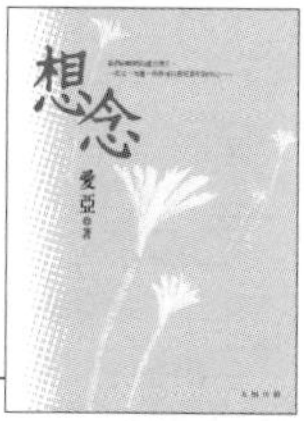

《想念》透過時間的刻痕，在文字裡搜尋及嗅聞著一點點懷舊的溫度，暖和而溫馨，寫少年懵懂，白衣黑裙的歲月往事；寫「跑台北」的時髦娛樂，乘坐兩元五毛錢的公路局，怎樣穿梭重慶南路的書海、中華路的戲鞋、萬華龍山寺、延平北路……在緩慢悠然的訴說中，我們好像飛行在昏黃的記憶裡，慢慢想念起自己的曾經……

智慧田 024

秋涼出走

◎愛亞　定價200元

《秋涼出走》，原刊登於中國時報人間副刊「三少四壯集」專欄，內容雖環繞旅行情事種種，但更多部分道出人與人因有所出走移動，繼而產生情感，不論物件輕重與行旅遠近，即使小至草木涼風、街巷陽光、路旁過客，經由緩慢閒適的觀看，身心視野依然會有意想不到的豐富體會。

聯合報讀書人每周新書金榜

疾病的隱喻

蘇珊・桑塔格◎著　刁筱華◎譯　定價220元

智慧田 025

翻開疾病的歷史，我們發現疾病被眾多隱喻所糾纏，隱喻讓疾病本身得到了被理解的鑰匙，卻也對疾病產生了誤解、偏見、歧視，病人連帶成爲歧視下的受害者。蘇珊・桑塔格讓我們脫離對疾病的幻想，還原結核病、癌症、愛滋病的眞實面貌，使我們展開對疾病的另一種思考。

聯合報讀書人每周新書金榜。中國時報開卷一周好書榜。

智慧田 026

閉上眼睛數到10

◎張惠菁　定價200元

張惠菁在時間與空間的境域裡，敏銳觸摸各種生活細節。在這些日常事件裡，發生了種種人與人之間的關係。關係中充斥著隱喻，在其中我們摸索人我邊界。《閉上眼睛數到10》寫在一個關係中與位置同時變得輕盈的年代。

中國時報開卷一周好書榜。聯合報讀書人每周新書金榜。

智慧田　好評發售中

智慧田 027

昨日重現—物件和影像的家族史

◎鍾文音　定價250元

是一杯茶的味道，勾起了多少往事的生動形象；是一盞燈的昏黃，讓影像有了過往的生命；是一個背影，使荒涼的情感哭出了聲音；是一件衣裳，將記憶縫補在夢中一遍又一遍；是家族的枝枝葉葉、血液脈動交織出命運的似水年華……鍾文音以物件和影像記錄家族之原的生命凝結。

中國時報開卷一周好書，誠品書店誠品選書聯合報讀書人每周新書金榜。

最美麗的時候

智慧田 028

◎劉克襄　定價220元

《最美麗的時候》爲劉克襄十年來之精心結集。打開這本詩集，你發現詩句和葉子、種子、鳥類、哺乳動物、古道路線圖融合在一起。隨著詩和畫我們彷彿也翻越了山巔、渡過河川，一同和詩人飛翔在天空，泅泳在溫暖的海域，生命裡的豐饒與眷戀，透過詩集我們被深深地撞擊著。

智慧田 029

無愛紀

◎黃碧雲　定價250元

人爲什麼要有感情，而感情又是那麼的糾纏不清。在這無法解開的夾纏當中，每個人都不由自主。無愛紀無所缺失、無所希冀、幾乎無所憶、模稜兩可、什麼都可以。本書收錄黃碧雲最新三個中篇小說〈無愛紀〉與〈桃花紅〉、〈七月流火〉，難得一見的炫麗文字，書寫感情生命的定靜狂暴。

在語言的天空下

智慧田 030

◎南方朔　定價250元

「語言不只是音與字，而是字與音的無限串聯，所堆疊起來的天空，它罩在我們的頭頂上，遮蔽了光。」《在語言的天空下》解除這遮蔽的重量，南方朔先生一個字、一個字去考據，他探究字辭間的包袱，敲敲打打，就像一位白頭學者，或是田野考古家，將語言拆除、重建，企圖尋找埋在語言文字墳塚裡即將消失的意義。

智慧田 031

活得像一句廢話

◎張惠菁　定價160元

如果你想要當上五分鐘的主角；如果你貪婪得想要雙份的陽光；如果你想向全世界索討注意，索取祝福；如果你只想擁有一種香水，卻不是那些促銷中的香氣；你想知道超級方便的孝順方法；你想要一個感覺強度超乎十倍以上的顫抖欲望；你想要大聲說這個遜那個炫；你想和時間耍賴……請看這本書。

智慧田　好評發售中

智慧田 033

過去—關於時間流逝的故事

◎鍾文音　定價250元

《過去》短篇小說集收錄鍾文音1998至2001兩年半之間的創作。拉開「時間」這方幕簾，悄然窺視著人的情慾張力遊蕩、牽引、邂逅在時間之河中。作者輕吐靈魂眠夢的細絲，織就了荒蕪、孤獨、寂寞與死亡，解放我們內心深處的風風雨雨；以南柯一夢甦醒之姿訴說，過去仍然存在，只是必須告別，無論青春、愚癡……

給自己一首詩

◎南方朔　定價250元

智慧田 034

《給自己一首詩》為〈文訊〉雜誌公佈十大最受歡迎的專欄之一，透過南方朔豐富的讀詩筆記，在字裡行間的解讀中，詩成為心靈的玫瑰花床，讓我們遺忘痛楚，帶來更多光明，尤其經由多種詩貌的廣博引介，開啓了我們新的感受能力及思考向度，洗滌思想脫離困頓貧乏。詩，不再無用！它將我們一切的記憶與想像從此變得非同凡響。

智慧田 035

西張東望

◎雷　驤　定價200元

每一場旅次，每一回行走，每一處他方彼時，都與這人生有著美麗的邂逅。「觀看」有時充滿著感傷，有時卻讓靈魂飛翔到快樂境地……雷驤深具風格的圖文作品，集結近年創作之精華，一時發生的瞬間，在他溫柔張望的紀錄裡，有了非同凡響的感動演出。

共生虫

◎村上龍　定價200元

智慧田 036

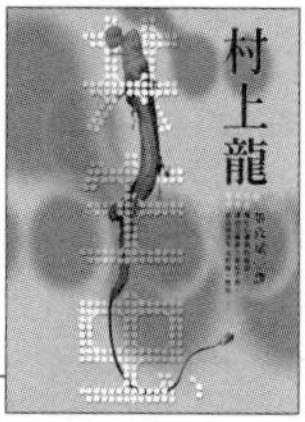

過去被日本新聞界宣稱是「年輕一代的旗手」，而在當代中已然確立其地位的村上龍，每次出版作品即引起廣泛討論。《共生虫》獲得谷崎潤一郎文學賞，這本描繪黑暗自閉的生命世界，緊扣住疏離的人們隱藏在意識底層的病態心理，作者似乎再一次預言社會現象，可是這一回不同的是我們看見對抗偽劣環境的同時，也產生了面對未來的勇氣。

智慧田 037

血卡門

◎黃碧雲　定價250元

是記憶在生命之前，浮華世界的舞精靈，驕傲跳完堅持的一幕，才知道承載的希望與幻滅，這麼深這麼深。是理性與意志，是慾望，生活是那麼一件激烈的事，幾乎與快樂無關。而時間與空間的所得，只有舞了！黃碧雲最新力作《血卡門》，是所有生與毀滅，溫柔與眼淚，疼痛與失去的步步存在。

國家圖書館出版品預行編目資料

急凍的瞬間／張讓著；－－初版.－－台北市：大田，民91

面；　公分. －－（智慧田；039）

ISBN 957-455-195-4(平裝)

855　　91005620

智慧田 039

急凍的瞬間

作者：張讓

發行人：吳怡芬
出版者：大田出版有限公司
台北市106羅斯福路二段79號4樓之9
E-mail:titan3@ms22.hinet.net
http://www.morning-star.com.tw
編輯部專線（02）23696315
傳真（02）23691275
【如果您對本書或本出版公司有任何意見，歡迎來電】
行政院新聞局版台業字第397號
法律顧問：甘龍強律師

總編輯：莊培園
主編：蔡鳳儀
企劃：樊香凝
行政編輯：潘韻竹
校對：陳佩伶/耿立予/蘇清霖/張讓
美術設計：純美術設計
初版：二○○二年（民91）五月三十日
定價：220元

總經銷：知己實業股份有限公司
（台北公司）台北市106羅斯福路二段79號4樓之9
TEL:(02)23672044．23672047　FAX:(02)23635741
郵政劃撥：15060393
（台中公司）台中市407工業30路1號
TEL:(04)23595819　FAX:(04)23597123

國際書碼：ISBN 957-455-195-4 / CIP:855 / 91005620
Printed in Taiwan

廣	告	回	郵
北區郵政管理局登			
記證北台字11049號			
免	貼	郵	票

大田出版有限公司　編輯部收

地址：台北市106羅斯福路二段79號4樓之9

電話：（02）23696315-6　傳真：（02）23691275

E-mail：titan3@ms22.hinet.net

＊請沿虛線剪下，對摺裝訂寄回，謝謝！

地址：

……………………………………………………………

姓名：

……………………………………………………………

TITAN
大田出版

智　慧　與　美　麗　的　許　諾　之　地

※請沿虛線剪下，對摺裝訂寄回，謝謝！

閱讀是享樂的原貌，閱讀是隨時隨地可以展開的精神冒險。

因爲你發現了這本書，所以你閱讀了。我們相信你，肯定有許多想法、感受！

讀 者 回 函

你可能是各種年齡、各種職業、各種學校、各種收入的代表，
這些社會身分雖然不重要，但是，我們希望在下一本書中也能找到你。

名字／＿＿＿＿＿＿＿＿ 性別／□女 □男 出生／＿＿＿年＿＿＿月＿＿＿日

教育程度／＿＿＿＿＿＿＿＿＿＿

職業：□ 學生 □ 教師 □ 內勤職員 □ 家庭主婦
□ SOHO族 □ 企業主管 □ 服務業 □ 製造業
□ 醫藥護理 □ 軍警 □ 資訊業 □ 銷售業務
□ 其他 ＿＿＿＿＿＿＿＿＿＿

E-mail/＿＿＿＿＿＿＿＿＿＿＿＿＿＿＿＿＿＿電話/＿＿＿＿＿＿＿＿＿＿

聯絡地址：＿＿＿＿＿＿＿＿＿＿＿＿＿＿＿＿＿＿＿＿＿＿＿＿＿＿＿

你如何發現這本書的？ 書名：急凍的瞬間

□書店閒逛時＿＿＿＿＿書店 □不小心翻到報紙廣告（哪一份報？）＿＿＿＿＿＿

□朋友的男朋友（女朋友）灑狗血推薦 □聽到DJ在介紹＿＿＿＿＿＿＿＿＿＿

□其他各種可能性，是編輯沒想到的＿＿＿＿＿＿＿＿＿＿＿＿＿＿＿＿＿＿

你或許常常愛上新的咖啡廣告、新的偶像明星、新的衣服、新的香水……

但是，你怎麼愛上一本新書的？

□我覺得還滿便宜的啦！ □我被內容感動 □我對本書作者的作品有蒐集癖

□我最喜歡有贈品的書 □老實講「貴出版社」的整體包裝還滿 High 的 □以上皆非 □可能還有其他說法，請告訴我們你的說法

＿＿＿＿＿＿＿＿＿＿＿＿＿＿＿＿＿＿＿＿＿＿＿＿＿＿＿＿＿＿＿＿＿

你一定有不同凡響的閱讀嗜好，請告訴我們：

□ 哲學 □ 心理學 □ 宗教 □ 自然生態 □ 流行趨勢 □ 醫療保健
□ 財經企管 □ 史地 □ 傳記 □ 文學 □ 散文 □ 原住民
□ 小說 □ 親子叢書 □ 休閒旅遊 □ 其他 ＿＿＿＿＿＿＿＿＿＿＿

一切的對談，都希望能夠彼此了解，否則溝通便無意義。
當然，如果你不把意見寄回來，我們也沒「轍」！
但是，都已經這樣掏心掏肺了，你還在猶豫什麼呢？

請說出對本書的其他意見：

大田出版有限公司編輯部 感謝您！